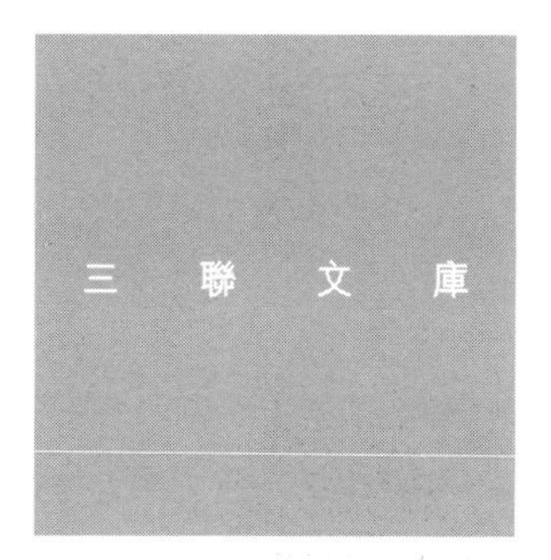
三 聯 文 庫

U0061463

三 聯 文 庫

雷 雨

曹禺 著

三聯書店（香港）有限公司

責任編輯　羅芳

三　聯　文　庫　58

書　　名　雷雨
著　　者　曹禺
出　　版　三聯書店（香港）有限公司
　　　　　香港北角英皇道499號北角工業大廈20樓
　　　　　JOINT PUBLISHING (H.K.) CO., LTD.
　　　　　20/F., North Point Industrial Building,
　　　　　499 King's Road, North Point, Hong Kong
香港發行　香港聯合書刊物流有限公司
　　　　　香港新界荃灣德士古220-248號16樓
印　　刷　陽光（彩美）印刷公司
　　　　　香港柴灣祥利街7號11樓B15室
版　　次　2001年7月香港第一版第一次印刷
　　　　　2022年5月香港第一版第十次印刷
規　　格　特32開（103×165mm）264面
國際書號　ISBN 978-962-04-2037-5

Published & Printed in Hong Kong

導　讀

中國文學自五四新文化運動以後進入了用白話寫作的嶄新境界。反叛着也繼承了古典文學楚辭漢賦唐詩宋詞元曲明清小說寫作傳統的現代作家們，以開放的心態向世界文學學習借鑒，終於誕生出中國現代文學的名篇佳作。如果說，魯迅的《吶喊》是中國現代小說的開山之作，郭沫若的《女神》代表了新詩的輝煌，那麼曹禺的《雷雨》可說是中國話劇創作第一次成熟而優美的收穫。

話劇是徹頭徹尾的"舶來品"。中國所謂的"劇"和"戲"是與話劇截然兩樣的東西，只要想一想元雜劇或者京劇的情形即可明白。話劇這一藝術形式在中國落地生根結出花果也經過了許多人努力，比如最早的旅日留學生組織的春柳社的話劇演出活動，比如文學界對易卜生戲劇的大力宣介，比如許多作家（胡適、田漢、洪深等）寫作劇本的最初創作實踐等等，無疑都是在營造着偉大劇作最終誕生的藝術氛圍。

曹禺（1910—1996），原名萬家寶，生於沒落的舊軍官家庭。家裡終日彌散着燒鴉片的煙霧，永遠是下午的昏暗鬱悶，專制的父親，廢人一樣的哥哥……這樣的生活場景，在日後接受了五四新思潮影響的曹禺心中，注定激起永久的厭棄與詛咒的情緒，也匡定了曹禺劇作的母題與基調。而曹禺就讀的南開中學，歷來具有演劇傳統，最終將他引上通往戲劇大師的藝術之路。在南開，曹禺在張彭春老師的指導下，不僅登台演戲，而且改寫劇本，從易卜生的《國民公敵》、《娜拉》，高爾斯華綏的《鬥爭》到霍普特曼的《織工》，從莫里哀的《慳吝人》到中國劇作家陳大悲、丁西林的戲……在 15 至 20 歲之間，曹禺所演所改寫的劇真不算少。張彭春老師還將一套英文版的《易卜生全集》贈送給他研讀。在清華大學讀西語系時，曹禺回憶說，有一段時候，可以說早早晚晚都把時間放在讀西洋劇本裡頭。

1933 年，曹禺寫出了《雷雨》，那時他 23 歲，還是清華大學的學生。

《雷雨》所展示的是一幕人生大悲劇，是命運對人殘忍的作弄。專制、僞善的家長，熱情、單純的青年，被情愛燒瘋了心的魅惑的女人，痛悔着罪孽卻又不自知地犯下更大罪孽的公子哥，還有家族的秘密，身世的秘密，所有這一切在一個雷雨夜爆發。有罪的，無辜的人一起走向毀滅。曹禺以極端的雷雨般狂飆恣肆的方式，發洩被抑壓的憤懣，譭謗中國的家庭和社會。

《雷雨》震動了文壇。六十多年後，巴金談到他初讀《雷雨》的感受：

> 我被深深地震動了！就像從前看托爾斯泰的小説《復活》一樣，劇本抓住了我的靈魂，我為它落了淚。我曾這樣描述過我當時的心情："不錯，我流過淚，但是落淚之後我感到一陣舒暢，而且我還感到一種渴望，一種力量在身內產生了，我想做一件事情，一件幫助人的事情，我想找個機會不自私地獻出我的精力。《雷雨》是這樣地感動過我。"……我由衷地佩服家寶，他有大的才華……

《雷雨》確是才華橫溢之作，在戲劇藝術上臻於完美之境。首先，戲劇即衝突。《雷雨》的衝突設置在其自身的特色中起承轉合達到極致。《雷雨》的戲劇衝突具有夏日雷雨的徵候。開始是鬱悶燠熱，烏雲聚合，繼而有隱隱的雷聲，有詭譎的閃電煽動着漸趨緊張的空氣，忽地，天地間萬物止息，紋風不動，靜極了靜極了，就在人剛剛覺察到異樣還來不急思忖，當頭響起一個炸雷，電閃雷鳴，雨橫風狂，宇宙發怒了。達到此種戲劇效果全憑劇作家牽動劇中人物之間"危險"關係。比如周萍，對父親是欺騙與罪孽感，對蘩漪是悔恨與懼怯，對周冲是歉然，對四鳳是希望振作，對侍萍是難逃宿命。在這種種關係的糾纏與衝突中，戲劇得以展開。曹禺設置衝突的高超技巧在於他讓各種矛盾環環相因，扣人心絃的同時，還做到了自然，因而使劇作獲得了真實的力量。但是一天之內讓三個人死掉、兩個人瘋了的劇情安排，無論如何還是令讀者和觀衆太過緊張了，曹禺意識到這一點，他彌補的方法是強調序幕和尾聲對於緊張情緒的舒解與安撫作用，並在以後的創作中轉而實踐契訶夫《三姐妹》那樣舒緩、抒情的戲劇理念。

其次，《雷雨》成功塑造了劇中人物。如果一齣戲沒有令人難忘的人物，那麼無論它的劇情衝突多麼緊張激烈都不過是一時的熱鬧。《雷雨》中的人物是豐滿而複雜的。即如周樸園，曹禺將他歸於僞善卻仍然還要爲他分辨出刹那間幻出的一點真誠顏色。而對周冲，曹禺也細心區分着單純與癡憨，讓現實的鐵錘一次一次敲醒他的夢——曹禺指出——甚至在情愛裡，他依然認不清真實。他愛的只是“愛”，一個抽象的觀念。縱使現實不毁滅他，他也早晚被那綿綿不盡的渺茫的夢掩埋到與世隔絕的地步。可見人物可以單純，但作家決不單純。那麼年輕的曹禺就已經對人有這麼深刻的體察！當然，《雷雨》中最獨特最耀眼的人物是蘩漪。她是一個最“雷雨的”性格。她的熱情是澆不滅的火，上帝偏罰她枯乾地生長在砂上，她的美麗的心靈被環境窒息變成了乖戾。她有一顆強悍的心，她滿蓄着受着壓抑的陰鷙的力，她不是所謂的“可愛的”女性，她是辛辣的，尖銳的，她有她的

“魔”，她的魅惑性。曹禺對於中國文學人物畫廊的貢獻不止一個蘩漪，像《日出》裡陳白露，《原野》裡金子等，都鮮活且富有個性。

《雷雨》具有一種詩意之美。這不單單得自文辭的優美，許多段落被人們反復背誦，也不僅是得自劇中人物詩意的性格，或者也可以說，是所有這一切，包括舞台提示、角色分析，匯總而後升發出的一種形而上的氣質和品位。歷來有研究者將《雷雨》定義爲“詩劇”。

幾十年來，《雷雨》被一代又一代人閱讀，被一批又一批演員排演，時光的淘洗不曾減褪它的華彩，它已成爲中國現代文學的經典之作，被譯成多種文字，進入世界文學之林。繼《雷雨》之後，曹禺又創作了《日出》、《原野》、《北京人》，這些天才的創作都是中國文壇最美的收穫。

編者

二〇〇〇年三月

目錄

人物——1
景——1
序幕——3
第一幕——16
第二幕——75
第三幕——132
第四幕——176
尾聲——228
附錄——232

人　物

姑奶奶甲（教堂尼姑）

姑奶奶乙

姊姊——十五歲。

弟弟——十二歲。

周樸園——某煤礦公司董事長，五十五歲。

周蘩漪——其妻，三十五歲。

周萍——其前妻生子，年二十八。

周冲——蘩漪生子，年十七。

魯貴——周宅僕人，年四十八。

魯侍萍——其妻，某校女傭，年四十七。

魯大海——侍萍前夫之子，煤礦工人，年二十七。

魯四鳳——魯貴與侍萍之女，年十八，周宅使女。

周宅僕人等：僕人甲，僕人乙……老僕。

景

序　幕　在教堂附屬醫院的一間特別客廳內。

——冬天的一個下午。

第一幕　十年前，一個夏天，鬱熱的早晨。
　　　　——周公館的客廳内（即序幕的客廳，景與前大致相同）。

第二幕　景同前。
　　　　——當天的下午。

第三幕　在魯家，一個小套間。
　　　　——當天夜晚十時許。

第四幕　周家的客廳（與第一幕同）。
　　　　——當天半夜兩點鐘。

尾　聲　又回到十年後，一個冬天的下午。
　　　　——景同序幕。

　　　　（由第一幕至第四幕為時僅一天）

序　幕

景——一間寬大的客廳。冬天，下午三點鐘，在某教堂附屬醫院內。

屋中間是兩扇棕色的門，通外面；門身很笨重，上面雕着半西洋化的舊花紋，門前垂着滿是斑點，褪色的厚帷幔，深紫色的；織成的圖案已經脱了線，中間有一塊已經破了一個洞。右邊——左右以台上演員為準——有一扇門，通着現在的病房。門面的漆已蝕了去。金黄的銅門鈕放着暗澀的光，配起那高而寬，有黄花紋的灰門框，和門上凹凸不平，古式的西洋木飾，令人猜想這屋子的前主多半是中國的老留學生，回國後又富貴過一時的。這門前也掛着一條半舊，深紫的絨幔，半拉開，破成碎條的幔角拖在地上。左邊也開一道門，兩扇的，通着外間飯廳，由那裡可以直通樓上，或者從飯廳走出外面，這兩扇門較中間的還華麗，顏色更深老；偶爾有人穿過，它好沉重地在門軌上轉動，會發着一種久磨擦的滑聲，像一個經過多少事故，很沉默，很温和的老人。這前面，没有帷幔，門上脱落，殘蝕的輪廓同漆飾都很明顯。靠中間門的右面，墻凹進去如一個神像的壁龕，凹進去的空隙是棱角形的，劃着半圓。壁龕的上大半滿嵌着細狹而高長的法國窗户，每棱角一扇長窗，很玲瓏的；下面只是一塊較地板略起的半圓平面，可以放着東西，可以坐；這前面整個地遮上一面有摺紋的厚絨垂幔，拉攏了，壁龕可以完全掩蓋上，看不見窗户同陽光，屋子裡陰沉沉的，有些氣悶。開幕時，這帷幕是關上的。

墻的顔色是深褐，年久失修，暗得褪了色。屋内所有的陳設都很富麗，但現在都呈現着衰敗的景色。——右墻近前是一個壁爐，沿爐嵌着長方的大理石，正前面鑲着星形彩色的石塊；壁爐上面没有一件陳設，空空地，只懸着一個釘在十字架上的耶穌。現在壁爐裡燃着煤火，火燄熊熊地，照着爐前的一張舊圈椅，映出一片紅光，這樣，一絲絲的温暖，使這古老的房屋還有一些生氣。壁爐旁邊擱放一個粗製的煤斗同木柴。右邊門左側，掛一張畫軸；再左，近後方，墻角抹成三四尺的平面，倚在那裡，斜放着一個半人高的舊式紫檀小衣櫃，櫃門的角上都包着銅片。櫃上放着一個暖水壺，兩隻白飯碗，都擱在舊黄銅盤上。櫃前鋪一張長方的小地毯；在上面，和櫃平行的，放一條很矮的紫檀長几，以前大概是用來擺設瓷器、古董一類的精巧的小東西，現在堆着一疊疊的雪白桌布，白牀單等物，剛洗好，還沒有放進衣櫃去。在正面，櫃與壁龕中間立一隻圓櫈。壁龕之左（中門的右面），是一隻長方的紅木菜桌。上面放着兩個舊燭台，墻上是張大而舊的古油畫，中門左面立一隻有玻璃的精巧的紫檀櫃。裡面原為放古董，但現在是空空的，這櫃前有一條狹長的矮櫈。離左墻角不遠，與角成九十度，斜放着一個寬大深色的沙發，沙發後是隻長桌，前面是一條短几，都沒有放着東西。沙發左面立一個黃色的站燈，左墻靠墻略凹進，與左後墻成一直角。凹進處有一隻茶几，墻上低懸一張小油畫。茶几旁，再略向前才是左邊通飯廳的門。屋子中間有一張地毯。上面對放着，但是略斜地，兩張大沙發；中間是個圓桌，鋪着白桌布。

〔開幕時，外面遠處有鐘聲。教堂內合唱頌主歌同大風琴聲，最好是 Bach: High Mass in B Minor Benedictus qui venait Domini Nomini——屋內寂靜無人。

〔移時，中間門沉重地緩緩推開，姑奶奶甲（寺院尼姑）進來，她的服飾如在天主教堂裡常見的尼姑一樣，頭束着雪白布巾，蓬起來像荷蘭鄉姑，穿一套深藍的粗布制袍，衣袍幾乎拖在地面。她胸前懸着一個十字架，腰間懸一串鑰匙，走起路來鏗鏗地響着。她安靜地走進來，臉上很平和的。她轉過身子向着門外。

姑　甲　（和藹地）請進來吧。

〔一位蒼白的老年人走進來，穿着很考究的舊皮大衣。進門脱下帽子，頭髮斑白，眼睛沉靜而憂鬱，他的下頦有蒼白的短鬚，臉上滿是皺紋。他戴着一副金邊眼鏡，進門後，也取下來，放在眼鏡盒內，手有些顫。他搓弄一下子，衰弱地咳嗽兩聲。外面樂聲止。

姑　甲　（微笑）外面冷得很！

老　人　（點頭）嗯——（關心地）她現在還好麼？

姑　甲　（同情地）好。

老　人　（沉默一時，指着頭）她這兒呢？

姑　甲　（憐憫地）那——還是那樣。（低低地歎一口氣）

老　人　（沉靜地）我想也是不容易治的。

姑　甲　（矜憐地）您先坐一坐，暖和一下，再看她吧。

老　人　（搖頭）不。（走向右邊病房）

姑　甲　（走向前）您走錯了，這屋子是魯奶奶的病房。您的太太在樓上呢。

老　人　（停住，失神地）我——我知道，（指着右邊病房）我現在可以看看她麼？

姑　甲　（和氣地）我不知道。魯奶奶的病房是另一位姑奶奶管，我看您先到樓上看看，回頭再來看這位老太太好不好？

老　人　（迷惘地）嗯，也好。

姑　甲　您跟我上樓吧。

〔姑甲領着老人進左面的飯廳下。

〔屋內靜一時。外面有腳步聲。姑乙領兩個小孩進。姑乙除了年輕些，比較活潑些，一切都與姑甲相同。進來的小孩是姊弟，都穿着冬天的新衣服，臉色都紅得像個蘋果，整個是胖圓圓的。姊姊有十五歲，梳兩個小辮，在背後擺着；弟弟戴上一頂紅絨帽。兩個都高興地走進來，二人在一起，姊姊是較沉着些。走進來的時節姊姊在前面。

姑　乙　（和悅地）進來，弟弟。（弟弟進來望着姊姊，兩個人只呵手）外頭冷，是吧。姐姐，你跟弟弟在這兒坐一坐好不好？

姊　姊　（微笑）嗯。

弟　弟　（拉着姊姊的手，竊語）姐姐，媽呢？

姑　乙　你媽看完病就來，弟弟坐在這兒暖和一下，好吧？

〔弟弟的眼望姊姊。

姊　姊　（很懂事地）弟弟，這兒我來過，就坐這兒吧，我給你講笑話。

〔弟弟好奇地四面看。

姑　乙　（有興趣地望着他們）對了，叫姐姐給你講笑話，（指着火）坐在火旁邊講，兩個人一塊兒。

弟　弟　不，我要坐這個小櫈子！（指中門左櫃前的小矮櫈）

姑　乙　（和氣地）也好，你們就坐這兒。可是（小聲地）弟弟，你得乖乖地坐着，不要鬧！樓上有病人——（指右邊病房）這旁邊也有病人。

姊　姊
弟　弟　（很乖地點頭）嗯。

弟　弟　（忽然，向姑乙）我媽就回來吧？

姑　乙　對了，就來。你們坐下，（姊弟二人共坐矮櫈上，望着姑乙）不要動！（望着他們）我先進去，就來。

〔姊弟點頭，姑乙進右邊病房，下。

〔弟弟忽然站起來。

弟　弟　（向姊）她是誰？爲什麼穿這樣衣服？

姊　姊　（很世故地）尼姑，在醫院看護病人的。弟弟，你坐下。

弟　弟　（不理她）姐姐，你看，你看！（自傲地）你看媽給我買的新手套。

姊　姊　（瞧不起地）看見了，你坐坐吧。（拉弟弟坐下，二人又很規矩地坐着）

〔姑甲由左邊廳進。直向右角衣櫃走去，沒看見屋內的人。

弟　弟　（又站起，低聲，向姊）又一個，姐姐！

姊　姊　（低聲）噓！別說話。（又拉弟弟坐下）

〔姑甲打開右面的衣櫃，將長几上的白牀單，白桌布等物一疊疊放在衣櫃裡。

〔姑乙由右邊病房進。見姑甲，二人沉靜地點一點頭，姑乙助姑甲放置洗物。

姑　乙　（向姑甲，簡截地）完了？

姑　甲　（不明白）誰？

姑　乙　（明快地，指樓上）樓上的。

姑　甲　（憐憫地）完了，她現在又睡着了。

姑　乙　（好奇地詢問）沒有打人麼？

姑　甲　沒有，就是大笑了一場，把玻璃又打破了。

姑　乙　（呼出一口氣）那還好。

姑　甲　（向姑乙）她呢？

姑　乙　你說樓下的？（指右面病房）她總是那樣，哭的時候多，不說話，我來了一年，沒聽見過她說一句話。

弟　弟　（低聲，急促地）姐姐，你給我講笑話。

姊　姊　（低聲）不，弟弟，聽她們說話。

姑　甲　（憐憫地）可憐，她在這兒九年了，比樓上的只晚了一年，可是兩個人都沒有好。——（欣喜地）對了，剛才樓上的周先生來了。

姑　乙　（奇怪地）怎麼？

姑　甲　今天是舊年臘月三十。

姑　乙　（驚訝地）哦，今天三十？——那麼今天樓下的也會出來，到這房子裡來。

姑　甲　怎麼，她也出來？

姑　乙　嗯，（多話地）每到臘月三十，樓下的就會出來，到這屋子裡；在這窗戶前面站着。

姑　甲　幹什麼？

姑　乙　大概是望她兒子回來吧，她的兒子十年前一天晚上跑了，就沒有回來。可憐，她的丈夫也不在了——（低聲地）聽說就在周先生家裡當差，——一天晚上喝酒喝得太多，死了的。

姑　甲　（自己以為明白地）所以周先生每次來看他太太來，總要問一問樓下的。——我想，過一會兒周先生會下樓來見她來的。

姑　乙　（虔誠地）聖母保祐他。（又放洗物）

弟　弟　（低聲，請求）姐姐，你給我就講半個笑話好不好？

姊　姊　（聽着有興趣，忙搖頭，壓迫地，低聲）弟弟！

姑　乙　（又想起一段）奇怪，周家有這麼好的房子，爲什麼賣給醫院呢？

姑　甲　（沉靜地）不大清楚。——聽說這屋子有一天夜裡連男帶女死過三個人。

姑　乙　（驚訝）眞的？

姑　甲　嗯。

姑　乙　（自然想到）那麼周先生爲什麼偏把有病的太太放在樓上，不把她搬出去呢？

姑　甲　說是呢，不過他太太就在這樓上發的神經病，她自己說什麼也不肯搬出去。

姑　乙　哦。

〔弟弟忽然站起。

弟　弟　（抗議地，高聲）姐姐，我不愛聽這個。

姊　姊　（勸止他，低聲）好弟弟。

弟　弟　（命令地，更高聲）不，姐姐，我要你給我講笑話！

〔姑甲、姑乙回頭望他們。

姑　甲　（驚奇地）這是誰的孩子？我進來，沒有看見他們。

姑　乙　一位看病的太太的，我領他們進來坐一坐。

姑　甲　（小心地）別把他們放在這兒。——萬一把他們嚇着。

姑　乙　沒有地方；外頭冷，醫院都滿了。

姑　甲　我看你還是找他們的媽來吧。萬一樓上的跑下來，說不定嚇壞了他們！

姑　乙　（順從地）也好。（向姊弟，他們兩個都瞪着眼望着她們）姐姐，你們在這兒好好地再等一下，我就找你們的媽來。

姊　姊　（有禮地）好，謝謝你！

〔姑乙由中門出。

弟　弟　（懷着希望）姐姐，媽就來麼？

姊　姊　（還在怪他）嗯。

弟　弟　（高興地）媽來了！我們就回家。（拍掌）回家吃年飯。

姊　姊　弟弟，不要鬧，坐下。（推弟弟坐）

姑　甲　（關上櫃門向姊弟）弟弟，你同姐姐安安靜靜地坐一會兒，我上樓去了。

〔姑甲由左面飯廳下。

弟　弟　（忽然發生興趣，立起）姐姐，她幹什麼去了？

姊　姊　（覺得這是不值一問的問題）自然是找樓上的去了。

弟　弟　（急切地）誰是樓上的？

姊　姊　（低聲）一個瘋子。

弟　弟　（直覺地臆斷）男的吧？

姊　姊　（肯定地）不，女的——一個有錢的太太。

弟　弟　（忽然）樓下的呢？

姊　姊　(也肯定地) 也是一個瘋子。——(知道弟弟會愈問愈多) 你不要再問了。

弟　弟　(好奇地) 姐姐，剛才他們說這屋子死過三個人。

姊　姊　(心虛地) 嗯——弟弟，我給你講笑話吧! 有一年，一個國王——

弟　弟　(已引上興趣) 不，你給我講講這三個人怎麼會死的? 這三個人是誰?

姊　姊　(膽怯) 我不知道。

弟　弟　(不信，伶俐地) 嗯! ——你知道，你不願意告訴我。

姊　姊　(不得已地) 你別在這屋子裡問，這屋子鬧鬼。

〔樓上忽然有亂摔東西的聲音，鐵鏈聲，足步聲，女人狂笑，怪叫聲。

弟　弟　(略懼) 你聽!

姊　姊　(拉着弟弟手緊緊地) 弟弟! (姊弟抬頭，緊張地望着天花板)

〔聲止。

弟　弟　(安定下來，很明白地) 姐姐，這一定是樓上的!

姊　姊　(害怕) 我們走吧。

弟　弟　(倔强) 不，你不告訴我這屋子怎麼死了三個人，我不走。

姊　姊　你不要鬧，回頭媽知道打你！

弟　弟　（不在乎地）嗯！

〔右邊門開，一位頭髮斑白的老婦人顫巍巍地走進來，在屋中停一停，眼睛像是瞎了。慢吞吞地踱到窗前，由帷幔隙中望一望，又踱至台上，像是諦聽什麼似的。姊弟都緊張地望着她。

弟　弟　（平常的聲音）這是誰？

姊　姊　（低聲）噓！別說話。她是瘋子。

弟　弟　（低聲，秘密地）這大概是樓下的。

姊　姊　（聲顫）我，我不知道。（老婦人軀幹無力，漸向下倒）弟弟，你看，她向下倒。

弟　弟　（膽大地）我們拉她一把。

姊　姊　不，你別去！

〔老婦人突然歪下去，側面跪倒在舞台中。台漸暗，外面遠處合唱聲又起。

弟　弟　（拉姊向前，看老太婆）姐姐，你告訴我，這屋子是怎麼回事？這些瘋子幹什麼？

姊　姊　（懼怕地）不，你問她，（指老婦人）她知道。

弟　弟　（催促地）不，姐姐，你告訴我，這屋子怎麼死了三個人，這三個人是誰？

姊　姊　（急迫地）我告訴你問她呢，她一定都知道！

〔老婦人漸漸倒在地下，舞台全暗，聽見遠

處合唱彌撒和大風琴聲。

〔弟弟聲：（很清楚地）姐姐，你去問她。

〔姊姊聲：（低聲）不，你問她，（幕落）你問她！

〔大彌撒聲。

第一幕

開幕時舞台全黑，隔十秒鐘，漸明。

景——大致和序幕相同，但是全屋的氣象是比較華麗的。這是十年前一個夏天的上午，在周宅的客廳裡。

壁龕的帷幔還是深掩着，裡面放着艷麗的盆花。中間的門開着，隔一層鐵紗門，從紗門望出去，花園的樹木綠蔭蔭的，並且聽見蟬在叫。右邊的衣服櫃，鋪上一張黃桌布，上面放着許多小巧的擺飾，最顯明的是一張舊相片，很不調和地和這些精緻東西放在一起。櫃前面狹長的矮几，放着華貴的煙具同一些零碎物件。右邊爐上有一個鐘同鮮花盆，墻上，掛一幅油畫。爐前有兩把圈椅，背朝着墻。中間靠左的玻璃櫃放滿了古玩，前面的小矮櫈有綠花的椅墊，左角的長沙發還不舊，上面放着三、四個緞製的厚墊子。沙發前的矮几排置煙具等物，台中兩個小沙發同圓桌都很華麗，圓桌上放着呂宋煙盒和扇子。

所有的帷幕都是嶄新的，一切都是興旺的氣

象，屋裡傢具非常潔淨，有金屬的地方都放着光彩。屋中很氣悶，鬱熱逼人，空氣低壓着。外面没有陽光，天空灰暗，是將要落暴雨的神氣。

〔開幕時，四鳳在靠中墻的長方桌旁，背着觀衆濾藥，她不時地摇着一把蒲扇，一面在揩汗。魯貴（她的父親）在沙發旁擦着矮几上零碎的銀傢具，很吃力地；額上冒着汗珠。

〔四鳳約有十七八歲，臉上紅潤，是個健康的少女。她整個的身體都很發育，手很白很大，走起路來，過於發育的乳房很顯明地在衣服底下顫動着。她穿一件舊的白紡綢上衣，粗山東綢的褲子，一雙略舊的布鞋。她全身都非常整潔，舉動雖然很活潑，因為經過兩年在周家的訓練，她説話很大方，很爽快，卻很有分寸。她的一雙大而有長睫毛的水靈靈的眼睛能够很靈敏地轉動，也能斂一斂眉頭，很莊嚴地注視着。她有大的嘴，嘴唇自然紅艷艷的，很寬，很厚，當着她笑的時候，牙齒整齊地露出來，嘴旁也顯着一對笑渦。然而她面部整個輪廓是很莊重地顯露着誠懇。她的面色不十分白，天氣熱，鼻尖微微有點汗，她時時用手絹揩着。她很愛笑，她知道自己是好看的，但是她現在皺着眉頭。

〔她的父親——魯貴——約莫有四十多歲的樣子，神氣萎縮，最令人注目的是粗而亂的眉毛同腫眼皮。他的嘴唇，鬆弛地垂下來，和他眼下凹進去的黑圈，都表示着極端的肉慾放縱。他的身體較胖，面上的肌肉寬弛地不肯動，但是總能很卑賤地諂笑着，和許多大家的僕人一樣。他很懂事，尤其是很懂禮節。他的背略有點傴僂，似乎永遠欠着身子向他的主人答應着"是"。他的眼睛鋭利，常常貪婪地窺視着，如一隻狼；他很能計算的。雖然這樣，他的膽量不算大；全部看去，他還是萎縮的。他穿的雖然華麗，但是不整齊的。現在他用一條抹布擦着東西，腳下是他剛刷好的黃皮鞋。時而，他用自己的衣襟揩臉上的油汗。

魯　貴　（喘着氣）四鳳！

魯四鳳　（只做不聽見，依然濾她的湯藥）

魯　貴　四鳳！

魯四鳳　（看了她的父親一眼）喝，眞熱。（走向右邊的衣櫃旁，尋一把芭蕉扇，又走回中間的茶几旁搧着）

魯　貴　（望着她，停下工作）四鳳，你聽見了沒有？

魯四鳳 （煩厭地，冷冷地看着她的父親）是！爸！幹什麼？

魯　貴 我問你聽見我剛才說的話了麼？

魯四鳳 都知道了。

魯　貴 （一向是這樣被女兒看待的，只好是抗議似地）媽的，這孩子！

魯四鳳 （回過頭來，臉正向觀衆）您少說閒話吧！（揮扇，噓出一口氣）呵！天氣這樣悶熱，回頭多半下雨。（忽然）老爺出門穿的皮鞋，您擦好了沒有？（到魯貴面前，拿起一隻皮鞋不經意地笑着）這是您擦的！這麼隨隨便便抹了兩下，——老爺的脾氣您可知道。

魯　貴 （一把搶過鞋來）我的事用不着你管。（將鞋扔在地上）四鳳，你聽着，我再跟你說一遍，回頭見着你媽，別忘了把新衣服都拿出來給她瞧瞧。

魯四鳳 （不耐煩地）聽見了。

魯　貴 （自傲地）叫她想想，還是你爸爸混事有眼力，還是她有眼力。

魯四鳳 （輕蔑地笑）自然您有眼力啊！

魯　貴 你還別忘了告訴你媽，你在這兒周公館吃的好，喝的好，就是白天侍候太太少爺，晚上還是聽她的話，回家睡覺。

魯四鳳 那倒不用告訴，媽自然會問的。

魯　貴　（得意）還有啦，錢，（貪婪地笑着）你手下也有許多錢啦！

魯四鳳　錢！？

魯　貴　這兩年的工錢，賞錢，還有（慢慢地）那零零碎碎的，他們……

魯四鳳　（趕緊接下去，不願聽他要説的話）那您不是一塊兩塊都要走了麼？喝了！賭了！

魯　貴　（笑，掩飾自己）你看，你看，你又那樣。急，急，急什麼？我不跟你要錢。喂，我説，我説的是——（低聲）他——不是也不斷地塞給你錢花麼？

魯四鳳　（驚訝地）他？誰呀？

魯　貴　（索性説出來）大少爺。

魯四鳳　（紅臉，聲略高，走到魯貴面前）誰説大少爺給我錢？爸爸，您別又窮瘋了，胡説亂道的。

魯　貴　（鄙笑着）好，好，好，沒有，沒有。反正這兩年你不是存點錢麼？（鄙吝地）我不是跟你要錢，你放心。我説啊，你等你媽來，把這些錢也給她瞧瞧，叫她也開開眼。

魯四鳳　哼，媽不像您，見錢就忘了命。（回到中間茶桌濾藥）

魯　貴　（坐在長沙發上）錢不錢，你沒有你爸爸成麼？你要不到這兒周家大公館幫主兒，這兩年盡聽你媽媽的話，你能每天吃着喝着，這大熱天還穿得上小紡綢麼？

魯四鳳　（回過頭）哼，媽是個本份人，唸過書的，講臉，捨不得把自己的女兒叫人家使喚。

魯　貴　什麼臉不臉？又是你媽的那一套！你是誰家的小姐？——媽的，底下人的女兒，幫了人就失了身份啦。

魯四鳳　（氣得只看父親，忽然厭惡地）爸，您看您那一臉的油，——您把老爺的鞋再擦擦吧。

魯　貴　（洶洶地）講臉呢，又學你媽的那點窮骨頭，你看她，她要臉！跑他媽的八百里外，女學堂裡當老媽，爲着一月八塊錢，兩年才回一趟家。這叫本份，還唸過書呢；簡直是沒出息。

魯四鳳　（忍氣）爸爸，您留幾句回家說吧，這是人家周公館！

魯　貴　咦，周公館也擋不住我跟我的女兒談家務啊！我跟你說，你的媽……

魯四鳳　（突然）我可忍了好半天了。我跟您先說下，媽可是好容易才回一趟家。這次，也是看哥哥跟我來的。您要是再給她一個不痛快，我就把您這兩年做的事都告訴哥哥。

魯　貴　我，我，我做了什麼事啦？（覺得在女兒面前失了身份）喝點，賭點，玩點，這三樣，我快五十的人啦，還怕他麼？

魯四鳳　他才懶得管您這些事呢！——可是他每月從礦上寄給媽用的錢，您偷偷地花了，他知道了，就不會答應您！

魯　貴　那他敢怎麼樣，（高聲地）他媽嫁給我，我就是他爸爸。

魯四鳳　（羞愧）小聲點！這有什麼喊頭。——太太在樓上養病呢。

魯　貴　哼！（滔滔地）我跟你說，我娶你媽，我還抱老大的委屈呢。你看我這麼個機靈人，這周家上上下下幾十口子，哪一個不說我魯貴呱呱叫。來這裡不到兩個月，我的女兒就在這公館找上事，就說你哥哥，沒有我，能在周家的礦上當工人麼？叫你媽說，她成麼？——這樣，你哥同你媽還是一個勁兒地不贊成我。這次回來，你媽要還是那副寡婦臉子，我就當你哥哥的面上不認她，說不定就離了她，別看她替我養個女兒，外帶來你這個倒霉蛋的哥哥。

魯四鳳　（不願聽）哦，爸爸。

魯　貴　哼，（罵得高興了）誰知道哪個王八蛋養的兒子。

魯四鳳　哥哥哪點對不起您，您這樣罵他幹什麼？

魯　貴　他哪一點對得起我？當大兵，拉包月車，幹機器匠，唸書上學，哪一行他是好好地幹過？好容易我薦他到了周家的礦上去，他又跟工頭鬧起來，把人家打啦。

魯四鳳　（小心地）我聽說，不是我們老爺先叫礦上的警察開了槍，他才領着工人動的手麼？

魯　貴　反正這孩子混蛋，吃人家的錢糧，就得聽人家的話。好好地，要罷工，現在又得靠我這老面子跟老爺求情啦！

魯四鳳　您聽錯了吧，哥哥說他今天自己要見老爺，不是找您求情來的。

魯　貴　（得意）可是誰叫我是他的爸爸呢，我不能不管啦。

魯四鳳　（輕蔑地看着她的父親，歎了一口氣）好，您歇歇吧，我要上樓給太太送藥去了。（端起藥碗向左邊飯廳走）

魯　貴　你先停一停，我再說一句話。

魯四鳳　（打岔）開午飯了，老爺的普洱茶先泡好了沒有？

魯　貴　那用不着我，他們小當差早伺候到了。

魯四鳳　（閃避地）哦，好極了，那我走了。

魯　貴　（攔住她）四鳳，你別忙，我跟你商量點事。

魯四鳳　什麼？

魯　貴　你聽啊，昨天不是老爺的生日麼？大少爺也賞給我四塊錢。

魯四鳳　好極了，（口快地）我要是大少爺，我一個子也不給您。

魯　貴　（鄙笑）你這話對極了！四塊錢，夠幹什麼的，還了點賬，就乾了。

魯四鳳　（伶俐地笑着）那回頭您跟哥哥要吧。

魯　貴　四鳳，別——你爸爸什麼時候借錢不還賬？現在你手下方便，隨便勻給我七塊八塊好麼？

魯四鳳　我沒有錢。（停一下放下藥碗）您真是還賬了麼？

魯　貴　（賭咒）我跟我的親生女兒說瞎話是王八蛋！

魯四鳳　您別騙我，說了實在的，我也好替您想想法。

魯　貴　眞的!？——說起來這不怪我。昨天那幾個零錢，大賬還不夠，小賬剩點零，所以我就耍了兩把，也許贏了錢，不都還了麼？誰知運氣不好，連喝帶輸，還倒欠了十來塊。

魯四鳳　這是眞的？

魯　貴　（真心地）這可一句瞎話也沒有。

魯四鳳　（故意揶揄地）那我實實在在地告訴您，我也沒有錢！（說畢就要拿起藥碗）

魯　貴　（着急）鳳兒，你這孩子是什麼心思？你可是我的親生孩子。

魯四鳳　（嘲笑地）親生的女兒也沒有法子把自己賣

了，替您老人家還賭賬啊！

魯　貴　（嚴重地）孩子，你可放明白點，你媽疼你，只在嘴上，我可是把你的什麼要緊的事情，都處處替你想。

魯四鳳　（明白地，但是不知他鬧的什麼把戲）您心裡又要說什麼？

魯　貴　（停一停，四面望了一望，更近地逼着四鳳，佯笑）我說，大少爺常跟我提過你，大少爺，他說——

魯四鳳　（管不住自己）大少爺！大少爺！你瘋了！——我走了，太太就要叫我呢。

魯　貴　別走，我問你一句，前天！我看見大少爺買衣料，——

魯四鳳　（沉下臉）怎麼樣？（冷冷地看着魯貴）

魯　貴　（打量四鳳周身）嗯——（慢慢地拿起四鳳的手）你這手上的戒指，（笑着）不也是他送給你的麼？

魯四鳳　（厭惡地）您說話的神氣眞叫我心裡想吐。

魯　貴　（有點氣，痛快地）你不必這樣假門假事，你是我的女兒。（忽然貪婪地笑着）一個當差的女兒，收人家點東西，用人家一點錢，沒有什麼說不過去的。這不要緊，我都明白。

魯四鳳　好吧，那麼你說吧，究竟要多少錢用？

魯　貴　不多，三十塊錢就成了。

魯四鳳　哦？（惡意地）那你就跟這位大少爺要去吧。我走了。

魯　貴　（惱羞）好孩子，你以爲我眞裝糊塗，不知道你同這混帳大少爺做的事麼？

魯四鳳　（惹怒）您是父親麼？父親有跟女兒這樣說話的麼？

魯　貴　（惡相地）我是你的爸爸，我就要管你。我問你，前天晚上——

魯四鳳　前天晚上？

魯　貴　我不在家，你半夜才回來，以前你幹什麼？

魯四鳳　（掩飾）我替太太找東西呢。

魯　貴　爲什麼那麼晚才回家？

魯四鳳　（輕蔑地）您這樣的父親沒有資格來問我。

魯　貴　好文明詞！你就說不上你上哪兒去呢。

魯四鳳　那有什麼說不上！

魯　貴　什麼？說！

魯四鳳　那是太太聽說老爺剛回來，又要我檢老爺的衣服。

魯　貴　哦，（低聲，恐嚇地）可是半夜送你回家的那位是誰？坐着汽車，醉醺醺，只對你說胡話的那位是誰呀？（得意地微笑）

魯四鳳　（驚嚇）那，那——

魯　貴　（大笑）哦，你不用說了，那是我們魯家的闊女婿！——哼，我們兩間半破瓦房居然來了坐汽車的男朋友，找我這當差的女兒啦！（突然嚴厲）我問你，他是誰？你說。

魯四鳳　他，他是——

〔魯大海進——四鳳的哥哥，魯貴的半子——他身體魁偉，粗黑的眉毛幾乎遮蓋着他的鋭利的眼，兩頰微微地向內凹。顯着顴骨異常突出，正同他的尖長的下巴一樣地表現他的性格的倔強的。他有一張大而薄的嘴脣，正和他的妹妹帶着南方的熱烈的、厚而紅的嘴脣成强烈的對照。他説話微微有點口吃，但是在他的感情激昂的時候，他詞鋒是鋭利的。現在他剛從六百里外的煤礦回來，礦裡罷了工，他是煽動者之一，幾月來的精神的緊張，使他現在露出有點疲乏的神色，鬍鬚亂蓬蓬的，看去幾乎老得像魯貴的弟弟，只有逼近地觀察他，才覺出他的眼神同聲音，還正是和他的妹妹一樣年輕，一樣地熱，都是火山的爆發，滿蓄着精力的白熱的人物。他穿了一件工人的藍布褂子，油漬的草帽在手裡，一雙黑皮鞋，有一隻鞋帶早不知失在哪裡。進門的時候，他略微有點不自在，把胸膛敞開一部份，笨拙地又扣上一兩個扣子。他説話很簡短，表面是冷冷的。

魯大海　鳳兒！

魯四鳳　哥哥！

魯　貴　（向四鳳）你說呀！裝什麼啞巴。

魯四鳳　（看大海，有意義地開話頭）哥哥！

魯　貴　（不顧地）你哥哥來也得說呀。

魯大海　怎麼回事？

魯　貴　（看一看大海，又回頭）你先別管。

魯四鳳　哥哥，沒什麼要緊的事。（向魯貴）好吧，爸，我們回頭商量，好吧？

魯　貴　（了解地）回頭商量？（肯定一下，再盯四鳳一眼）那麼，就這麼辦。（回頭看大海傲慢地）咦，你怎麼隨隨便便跑進來啦？

魯大海　（簡單地）在門房等了半天，一個人也不理我，我就進來啦。

魯　貴　大海，你究竟是礦上打粗的工人，連一點大公館的規矩也不懂。

魯四鳳　人家不是周家的底下人。

魯　貴　（很有理由地）他在礦上吃的也是周家的飯哪。

魯大海　（冷冷地）他在哪兒？

魯　貴　（故意地）他，誰是他？

魯大海　董事長。

魯　貴　（教訓的樣子）老爺就是老爺，什麼董事長，上我們這兒就得叫老爺。

魯大海　好，你給我問他一聲，說礦上有個工人代表要見見他。

魯　貴　我看，你先回家去。（有把握地）礦上的事有你爸爸在這兒替你張羅。回頭跟你媽、妹妹聚兩天，等你媽去，你回到礦上，事情還是有的。

魯大海　你說我們一塊兒在礦上罷完工，我一個人要你說情，自己再回去？

魯　貴　那也沒有什麼難看啊。

魯大海　（沒有辦法）好，你先給我問他一聲。我有點旁的事，要先跟他談談。

魯四鳳　（希望他走）爸，你看老爺的客走了沒有，你再領着哥哥見老爺。

魯　貴　（搖頭）哼，我怕他不會見你吧。

魯大海　（理直氣壯）他應當見我，我也是礦上工人的代表。前天，我們一塊在這兒的公司見過他一次。

魯　貴　（猶疑地）那我先給你問問去。

魯四鳳　你去吧。

〔魯貴走到老爺書房門口。

魯　貴　（轉過來）他要是見你，你可少說粗話，聽見了沒有？（魯貴很老練地走着闊當差的步伐，進了書房）

魯大海　（目送魯貴進了書房）哼，他忘了他還是個人。

魯四鳳　哥哥，你別這樣說，（略頓，嗟歎地）無論如何，他總是我們的父親。

魯大海　（望着四鳳）他是你的，我並不認識他。

魯四鳳　（膽怯地望着哥哥忽然想起，跑到書房門口，望了一望）你說話頂好聲音小點，老爺就在裡面旁邊的屋子裡呢！

魯大海　（輕蔑地望着四鳳）好。媽也快回來了，我看你把周家的事辭了，好好回家去。

魯四鳳　（驚訝）爲什麼？

魯大海　（簡短地）這不是你住的地方。

魯四鳳　爲什麼？

魯大海　我——恨他們。

魯四鳳　哦！

魯大海　（刻毒地）周家的人多半不是好東西。這兩年我在礦上看見了他們所做的事。（略頓，緩緩地）我恨他們。

魯四鳳　你看見什麼？

魯大海　鳳兒，你不要看這樣威武的房子，陰沉沉地都是礦上埋死的苦工人給換來的！

魯四鳳　你別胡說，這屋子聽說直鬧鬼呢。

魯大海　（忽然）剛才我看見一個年輕人，在花園裡躺着，臉色發白，閉着眼睛，像是要死的樣子，聽說這就是周家的大少爺，我們董事長的兒子。啊，報應，報應。

魯四鳳　（氣）你，——（忽然）他待人頂好，你知道麼？

魯大海　他父親做盡了壞人弄錢，他自然可以行善。

魯四鳳　（看大海）兩年我不見你，你變了。

魯大海　我在礦上幹了兩年，我沒有變，我看你變了。

魯四鳳　你的話我有點不懂，你好像——有點像二少爺說話似的。

魯大海　你是要罵我麼？"少爺"？哼，在世界上沒有這兩個字！

〔魯貴由左邊書房進。

魯　貴　（向大海）好容易老爺的客剛走，我正要說話，接着又來一個。我看，我們先下去坐坐吧。

魯大海　那我還是自己進去。

魯　貴　（攔住他）幹什麼？

魯四鳳　不，不。

魯大海　也好，不要叫他看見我們工人不懂禮節。

魯　貴　你看你這點窮骨頭。老頭說不見就不見，在下房再等一等，算什麼？我跟你走，這麼大院子，你別胡闖亂闖走錯了。（走向中門，回頭）四鳳，你先別走，我就回來，你聽見沒有？

魯四鳳　你去吧。

〔魯貴、大海同下。

魯四鳳　（厭倦地摸着前額，自語）哦，媽呀！

〔外面花園裡聽見一個年輕的輕快的聲音，喚着"四鳳！"疾步中夾雜着跳躍，漸漸移近中間門口。

魯四鳳　（有點驚慌）哦，二少爺。

〔門口的聲音。

〔聲：四鳳！四鳳！你在哪兒？

〔四鳳慌忙躲在沙發背後。

〔聲：四鳳，你在這屋子裡麼？

〔周冲進。他身體很小，卻有着大的心，也有着一切孩子似的空想。他年輕，才十七歲，他已經幻想過許多許多不可能的事實，他是在美的夢裡活着的。現在他的眼睛欣喜地閃動着，臉色通紅，冒着汗，他在笑。左腋下挾着一隻球拍，右手正用白毛巾擦汗，他穿着打球的白衣服。他低聲喚着四鳳。

周　冲　四鳳！四鳳！（四面望一望）咦，她上哪兒去了？（躡足走向右邊的飯廳，開開門，低聲）四鳳你出來，四鳳，我告訴你一件事。四鳳，一件喜事。（他又輕輕地走到書房門口，更低聲）四鳳。

〔裡面的聲音：（嚴峻地）是冲兒麼？

周　冲　（膽怯地）是我，爸爸。

〔裡面的聲音：你在幹什麼？

周　冲　嗯，我叫四鳳呢。

〔裡面的聲音：（命令地）快去，她不在這兒。

〔周冲把頭由門口縮回來，做了一個鬼臉。

周　冲　咦，奇怪。

〔他失望地向右邊的飯廳走去，一路低低喚着四鳳。

魯四鳳　（看見周冲已走，呼出一口氣）他走了！（焦灼地望着通花園的門）

〔魯貴由中門進。

魯　貴　（向四鳳）剛才是誰在喊你？

魯四鳳　二少爺。

魯　貴　他叫你幹什麼？

魯四鳳　誰知道。

魯　貴　（責備地）你爲什麼不理他？

魯四鳳　哦，我，（擦眼淚）——不是您叫我等着麼？

魯　貴　（安慰地）怎麼，你哭了麼？

魯四鳳　我沒哭。

魯　貴　孩子，哭什麼，這有什麼難過？（彷彿在做戲）誰叫我們窮呢？窮人沒有什麼講究。沒法子，什麼事都忍着點，誰都知道我的孩子是個好孩子。

魯四鳳　（抬起頭）得了，您痛痛快快說話好不好。

魯　貴　（不好意思）你看，剛才我走到下房，這些王八蛋就跑到公館跟我要賬，當着上上下下的人，我看沒有二十塊錢，簡直圓不下這個臉。

魯四鳳　（拿出錢來）我的都在這兒。這是我回頭預備給媽買衣服的，現在你先拿去用吧。

魯　貴　（佯辭）那你不是沒有花的了麼？

魯四鳳　得了，您別這樣客氣啦。

魯　貴　（笑着接下錢，數）只十二塊？

魯四鳳　（坦白地）現錢我只有這麼一點。

魯　貴　那麼，這堵着周公館跟我要賬的，怎麼打發呢？

魯四鳳　（忍着氣）您叫他們晚上到我們家裡要吧。回頭，見着媽，再想別的法子，這錢，您留着自己用吧。

魯　貴　（高興地）這給我啦，那我只當着你這是孝敬父親的。——哦，好孩子，我早知道你是個孝順孩子。

魯四鳳　（沒有辦法）這樣，您讓我上樓去吧。

魯　貴　你看，誰管過你啦。去吧，跟太太說一聲，說魯貴直惦記太太的病。

魯四鳳　知道，忘不了。（拿藥走）

魯　貴　（得意）對了，四鳳，我還告訴你一件事。

魯四鳳　您留着以後再說吧，我可得給太太送藥去了。

魯　貴　（暗示着）你看，這是你自己的事。（假笑）

魯四鳳　（沉下臉）我又有什麼事？（放下藥碗）好，我們今天都算清楚再走。

魯　貴　你瞧瞧，又急了。眞快成小姐了，耍脾氣倒是呱呱叫啊。

魯四鳳　我沉得住氣，您儘管說吧。

魯　貴　孩子，你別這樣，（正經地）我勸你小心點。

魯四鳳　（嘲弄地）我現在錢也沒有了，還用得着小心幹什麼？

魯　貴　我跟你說，太太這兩天的神氣有點不大對的。

魯四鳳　太太的神氣不對有我的什麼？

魯　貴　我怕太太看見你才有點不痛快。

魯四鳳　爲什麼？

魯　貴　爲什麼？我先提你個醒。老爺比太太歲數大得多，太太跟老爺不好。大少爺不是這位太太生的，他比太太的歲數差得也有限。

魯四鳳　這我都知道。

魯　貴　可是太太疼大少爺比疼自己的孩子還熱，還好。

魯四鳳　當後娘只好這樣。

魯　貴　你知道這屋子爲什麼晚上沒有人來，老爺在礦上的時候，就是白天也是一個人也沒有麼？

魯四鳳　不是半夜裡鬧鬼麼？

魯　貴　你知道這鬼是什麼樣兒麼？

魯四鳳　我只聽說到從前這屋子裡常聽見歎氣的聲音，有時哭，有時笑的，聽說這屋子死過人，屈死鬼。

魯　貴　鬼！一點也不錯，——我可偷偷地看見啦。

魯四鳳　什麼，您看見，您看見什麼？鬼？

魯　貴　（自負地）那是你爸爸的造化。

魯四鳳　您說。

魯　貴　那時你還沒有來，老爺在礦上，那麼大，陰森森的院子，只有太太，二少爺，大少爺住。那時這屋子就鬧鬼，二少爺小孩，膽小，叫我在他門口睡。那時是秋天，半夜裡二少爺忽然把我叫起來，說客廳又鬧鬼，叫我一個人去看看。二少爺的臉發青，我也直發毛。可是我是剛來的底下人，少爺說了，我怎麼好不去呢？

魯四鳳　您去了沒有？

魯　貴　我喝了兩口燒酒，穿過荷花池，就偷偷地鑽到這門外的走廊旁邊，就聽見這屋子裡啾啾地像一個女鬼在哭。哭得慘！心裡越怕，越想看。我就硬着頭皮從這窗縫裡，向裡一望。

魯四鳳　（喘氣）您瞧見什麼？

魯　貴　就在這張桌上點着一枝要滅不滅的洋蠟燭，我恍恍惚惚地看見兩個穿着黑衣裳的鬼，並排地坐着，像是一男一女，背朝着我，那個女鬼像是靠着男鬼的身邊哭，那個男鬼低着頭直歎氣。

魯四鳳　哦，這屋子有鬼是真的。

魯　貴　可不是？我就是乘着酒勁兒，朝着窗戶縫，輕輕地咳嗽一聲。就看這兩個鬼颼一下子分開了，都向我這邊望：這一下子他們的臉清清楚楚地正對着我，這我可真見了鬼了。

魯四鳳　鬼麼？什麼樣？（停一下，魯貴四面望一望）誰？

魯　貴　我這才看見那個女鬼呀，（回頭，低聲）——是我們的太太。

魯四鳳　太太？——那個男的呢？

魯　貴　那個男鬼，你別怕，——就是大少爺。

魯四鳳　他？

魯　貴　就是他，他同他的後娘就在這屋子裡鬧鬼呢。

魯四鳳　我不信，您看錯了吧？

魯　貴　你別騙自己。所以孩子，你看開點，別糊塗，周家的人就是那麼一回事。

魯四鳳　（搖頭）不，不對，他不會這樣。

魯　貴　你忘了，大少爺比太太只小六七歲。

魯四鳳　我不信，不，不像。

魯　貴　好，信不信都在你，反正我先告訴你，太太的神氣現在對你不大對，就是因爲你，因爲你同——

魯四鳳　（不願意他說出真有這件事）太太知道您在門口，一定不會饒您的。

魯　貴　是啊，我嚇了一身汗，我沒等他們出來，我就跑了。

魯四鳳　那麼，二少爺以後就不問您？

魯　貴　他問我，我說我沒有看見什麼就算了。

魯四鳳　哼，太太那麼一個人不會算了吧？

魯　貴　她當然厲害，拿話套了我十幾回，我一句話也沒有漏出來，這兩年過去，說不定他們以爲那晚上眞是鬼在咳嗽呢。

魯四鳳　（自語）不，不，我不信——就是有了這樣的事，他也會告訴我的。

魯　貴　你說大少爺會告訴你。你想想，你是誰？他是誰？你沒有個好爸爸，給人家當底下人，人家當眞心地待你？你又做你的小姐夢啦，你，就憑你……

魯四鳳　（突然悶氣地喊了一聲）您別說了！（忽然站起來）媽今天回家，您看我太快活是麼？您說這些瞎話——這些瞎話！哦，您一邊去吧。

魯　貴　你看你，告訴你眞話，叫你聰明點。你反而生氣了，唉，你呀！（很不經意地掃四鳳一眼，他傲然地，好像滿意自己這段話的效果，覺得自己是比一切人都聰明似的。他走到茶几旁，從煙筒裡，抽出一支煙，預備點上，忽然想起這是周公館，於是改了主張，很熟練地偷了幾支煙捲同雪茄，放在自己的舊得露出黃銅底鍍銀的煙盒裡）

魯四鳳　（厭惡地望着魯貴做完他的偷竊的勾當，輕蔑地）哦，就這麼一點事麼？那麼，我知道了。

〔四鳳拿起藥碗就走。

魯　貴　你別走，我的話沒說完。

魯四鳳　沒說完？

魯　貴　這剛到正題。

魯四鳳　對不起您老人家，我不願意聽了。（反身就走）

魯　貴　（拉住她的手）你得聽！

魯四鳳　放開我！（急）——我喊啦。

魯　貴　我告訴你這一句話，你再鬧。（對着四鳳的耳朵）回頭你媽就到這兒來找你。（放手）

魯四鳳　（變色）什麼？

魯　貴　你媽一下火車，就到這兒公館來。

魯四鳳　媽不願意我在公館裡幫人，您爲什麼叫她到這兒來找我？我每天晚上，回家的時候自然會看見她，您叫她到這兒來幹什麼？

魯　貴　不是我，四鳳小姐，是太太要我找她來的。

魯四鳳　太太要她來？

魯　貴　嗯，（神秘地）奇怪不是，沒親沒故。你看太太偏要請她來談一談。

魯四鳳　哦，天！您別吞吞吐吐地好麼？

魯　貴　你知道太太爲什麼一個人在樓上，做詩寫字，裝着病不下來？

魯四鳳　老爺一回家，太太向來是這樣。

魯　貴　這次不對吧？

魯四鳳　那麼，您快說出來。

魯　貴　你一點不覺得？——大少爺沒提過什麼？

魯四鳳　我知道這半年多，他跟太太不常說話的。

魯　貴　眞的麼？——那麼太太對你呢。

魯四鳳　這幾天比往日特別地好。

魯　貴　那就對了！——我告訴你，太太知道我不願意你離開這兒。這次，她自己要對你媽說，叫她帶着你捲鋪蓋，滾蛋！

魯四鳳　（低聲）她要我走——可是——爲什麼？

魯　貴　哼！那你自己明白吧。——還有——

魯四鳳　（低聲）要媽來幹什麼？

魯　貴　對了，她要告訴你媽一件很要緊的事。

魯四鳳　（突然明白）哦，爸爸，無論如何，我在這兒的事，不能讓媽知道的。（懼悔交集，大慟）哦，爸爸，您想，媽前年離開我的時候，她囑咐過您，好好地看着我，不許您送我到公館幫人。您不聽，您要我來。媽不知道這些事，媽疼我，媽愛我，我是媽的好孩子，我死也不能叫媽知道這兒這些事情的。（撲在桌上）我的媽呀！

魯　貴　孩子！（他知道他的戲到什麼情形應當怎麼做，他輕輕地撫着四鳳）你看現在才是爸爸好了吧，爸疼你，不要怕！不要怕！她不敢怎麼樣，她不會辭你的。

魯四鳳　她爲什麼不？她恨我，她恨我。

魯　貴　她恨你。可是，哼，她不會不知道這兒有一個人叫她怕的。

魯四鳳　她會怕誰？

魯　貴　哼，她怕你的爸爸！你忘了我告訴你那兩個鬼哪。你爸爸會抓鬼。昨天晚上我替你告假，她說你媽來的時候，要我叫你媽來。我看她那兩天的神氣，我就猜了一半，我順便就把那天半夜的事提了兩句，她是機靈人，不會不懂的。——哼，她要是跟我裝蒜，現在老爺在家，我們就是個麻煩；我知道她是個厲害人，可是誰欺負了我的女兒，我就跟誰拚了。

魯四鳳　爸爸，（抬起頭）您可不要胡來！

魯　貴　這家除了老頭，我誰也看不上眼。別着急，有你爸爸。再說，也許是我瞎猜，她原來就許沒有這意思。她外面倒是跟我說，因爲聽說你媽會讀書寫字，才想見見談談。

魯四鳳　（忽然諦聽）爸，別說話，我聽見好像有人在飯廳（指左邊）咳嗽似的。

魯　貴　（聽一下）別是太太吧？（走到通飯廳的門前，由鎖眼窺視，忙回來）可不是她，奇怪，她下樓來了。

魯四鳳　（擦眼淚）爸爸，擦乾了麼？

魯　貴　別慌，別露相，什麼話也別提。我走了。

魯四鳳　嗯，媽來了，您先告訴我一聲。

魯　貴　對了，見着你媽，就當什麼都不知道，聽見了沒有？（走到中門，又回頭）別忘了，跟太太說魯貴惦記着太太的病。

〔魯貴慌忙由中門下。四鳳端着藥碗向飯廳門，至門前，周蘩漪進。她一望就知道是個果敢陰鷙的女人。她的臉色蒼白，只有嘴唇微紅，她的大而灰暗的眼睛同高鼻樑令人覺得有些可怕。但是眉目間看出來她是憂鬱的，在那靜靜的長的睫毛的下面，有時為心中的鬱積的火燃燒着，她的眼光會充滿了一個年輕婦人失望後的痛苦與怨望。她的嘴角向後略彎，顯出一個受抑制的女人在管制着自己。她那雪白細長的手，時常在她輕輕咳嗽的時候，按着自己瘦弱的胸。直等自己喘出一口氣來，她才摸摸自己脹得紅紅的面頰，喘出一口氣。她是一個中國舊式女人，有她的文弱，她的哀靜，她的明慧，——她對詩文的愛好，但是她也有更原始的一點野性：在她的心，她的膽量，她的狂熱的思想，在她莫明其妙的決斷時忽然來的力量。整個地來看她，她似乎是一個水晶，只能給男人精神的安慰，她的明亮的前額表現出深沉的理解，像只是可以供清談的；但是當她陷於情感的冥想中，忽然愉快地笑着；當着她見着她所愛的，紅暈的顏色為快樂散佈在臉上，兩頰的笑渦也顯露出來的時節，你才覺得出她是能被人愛的，應當被人愛的，你才知道她到底是一個女人，跟一切年輕的女人一樣。她會愛你如一隻餓了三天的狗咬着牠最喜歡的骨頭，她恨起你來也會像隻惡狗狺狺地，不，多不聲不響地恨恨地吃了你的。然而她的外形是沉靜的，憂煩的，她會如秋天傍晚的樹葉輕輕落在你的身旁，她覺得自己的夏天已經過去，西天的晚霞早暗下來了。

〔她通身是黑色。旗袍鑲着灰銀色的花邊。她拿着一把團扇，掛在手指下，走進來。她的眼眶略微有點塌進，很自然地望着四鳳。

魯四鳳　（奇怪地）太太！怎麼您下樓來啦？我正預備給您送藥去呢！

周蘩漪　（咳）老爺在書房裡麼？

魯四鳳　老爺在書房裡會客呢。

周蘩漪　誰來？

魯四鳳　剛才是蓋新房子的工程師，現在不知道是誰。您預備見他？

周蘩漪　不。——老媽子告訴我說，這房子已經賣給一個教堂做醫院，是麼？

魯四鳳　是的，老爺叫把小東西都收一收，大傢具有些已經搬到新房子裡去了。

周蘩漪　誰說要搬房子？

魯四鳳　老爺回來就催着要搬。

周蘩漪　（停一下，忽然）怎麼不告訴我一聲？

魯四鳳　老爺說太太不舒服，怕您聽着嫌麻煩。

周蘩漪　（又停一下，看看四面）兩禮拜沒下來，這屋子改了樣子了。

魯四鳳　是的，老爺說原來的樣子不好看，又把您添的新傢具搬了幾件走。這是老爺自己擺的。

周蘩漪　（看看右面的衣櫃）這是他頂喜歡的衣櫃，又拿來了。（歎氣）什麼事自然要依着他，他是什麼都不肯將就的。（咳，坐下）

魯四鳳　太太，您臉上像是發燒，您還是到樓上歇着吧。

周蘩漪　不，樓上太熱。（咳）

魯四鳳　老爺說太太的病很重，囑咐過請您好好地在樓上躺着。

周蘩漪　我不願意躺在牀上。——喂，我忘了，老爺哪一天從礦上回來的？

魯四鳳　前天晚上。老爺見着您發燒很厲害，叫我們別驚醒您，就一個人在樓下睡的。

周蘩漪　白天我像是沒見過老爺來。

魯四鳳　嗯，這兩天老爺天天忙着跟礦上的董事們開會，到晚上才上樓看您。可是您又把門鎖上了。

周蘩漪　（不經意地）哦，哦——怎麼，樓下也這麼悶熱。

魯四鳳　對了，悶的很。一早晨黑雲就遮滿了天，也許今兒個會下一場大雨。

周蘩漪　你換一把大點的團扇，我簡直有點喘不過氣來。

〔四鳳拿一把團扇給她，她望着四鳳，又故意地轉過頭去。

周蘩漪　怎麼這兩天沒見着大少爺？

魯四鳳　大概是很忙。

周蘩漪　聽說他也要到礦上去是麼？

魯四鳳　我不知道。

周蘩漪　你沒有聽見說麼？

魯四鳳　倒是伺候大少爺的下人這兩天盡忙着給他檢衣裳。

周蘩漪　你父親幹什麼呢？

魯四鳳　大概給老爺買檀香去啦。——他說，他問太太的病。

周蘩漪　他倒是惦記着我。（停一下忽然）他現在還沒起來麼？

魯四鳳　誰？

周蘩漪　（沒有想到四鳳這樣問，忙收斂一下）嗯，——自然是大少爺。

魯四鳳　我不知道。

周蘩漪　（看了她一眼）嗯？

魯四鳳　這一早晨我沒有見着他。

周蘩漪　他昨天晚上什麼時候回來的？

魯四鳳　（紅臉）您想，我每天晚上總是回家睡覺，我怎麼知道。

周蘩漪　（不自主地，尖酸）哦，你每天晚上回家睡！（覺得失言）老爺回來，家裡沒有人會伺候他，你怎麼天天要回家呢？

魯四鳳　太太，不是您吩咐過，叫我回去睡麼？

周蘩漪　那時是老爺不在家。

魯四鳳　我怕老爺唸經吃素，不喜歡我們伺候他，聽說老爺一向是討厭女人家的。

周蘩漪　哦，（看四鳳，想着自己的經歷）嗯，（低語）難說的很。（忽而抬起頭來，眼睛張開）這麼說，他在這幾天就走，究竟到什麼地方去呢？

魯四鳳　（膽怯地）您說的是大少爺？

周蘩漪　（斜着看四鳳）嗯！

魯四鳳　我沒聽見。（囁嚅地）他，他總是兩三點鐘回家，我早晨像是聽見我父親叨叨說下半夜給他開的門來着。

周蘩漪　他又喝醉了麼？

魯四鳳　我不清楚。——（想找一個新題目）太太，您吃藥吧。

周蘩漪　誰說我要吃藥？

魯四鳳　老爺吩咐的。

周蘩漪　我並沒請醫生，哪裡來的藥？

魯四鳳　老爺說您犯的是肝鬱，今天早上想起從前您吃的老方子，就叫抓一副。說太太一醒，就給您煎上。

周蘩漪　煎好了沒有？

魯四鳳　煎好了，涼在這兒好半天啦。

〔四鳳端過藥碗來。

魯四鳳　您喝吧。

周蘩漪　（喝一口）苦的很。誰煎的？

魯四鳳　我。

周蘩漪　太不好喝，倒了它吧！

魯四鳳　倒了它？

周蘩漪　嗯？好，（想起樸園嚴厲的臉）要不，你先把它放在那兒。不，（厭惡）你還是倒了它。

魯四鳳　（猶豫）嗯。

周蘩漪　這些年喝這種苦藥，我大概是喝夠了。

魯四鳳　（拿着藥碗）您忍一忍喝了吧。還是苦藥能夠治病。

周蘩漪　（心裡忽然恨起她來）誰要你勸我？倒掉！（自己覺得失了身份）這次老爺回來，我聽老媽子說瘦了。

魯四鳳　嗯，瘦多了，也黑多了。聽說礦上正在罷工，老爺很着急的。

周蘩漪　老爺很不高興麼？

魯四鳳　老爺還是那樣。除了會客，唸唸經，打打坐，在家裡一句話也不說。

周蘩漪　沒有跟少爺們說話麼？

魯四鳳　見了大少爺只點一點頭，沒說話，倒是問了二少爺學堂的事。——對了，二少爺今天早上還問您的病呢。

周蘩漪　我現在不怎麼願意說話，你告訴他我很好就是了。——回頭叫帳房拿四十塊錢給二少爺，說這是給他買書的錢。

魯四鳳　二少爺總想見見您。

周蘩漪　那就叫他到樓上來見我。——（站起來，踱了兩步）哦，這老房子永遠是這樣悶氣，傢具都發了霉，人們也都是鬼裡鬼氣的！

魯四鳳　（想想）太太，今天我想跟您告假。

周蘩漪　是你母親從濟南回來麼？——嗯，你父親說過來着。

〔花園裡，周冲又在喊：四鳳！四鳳！

周蘩漪　你去看看，二少爺在喊你。

〔周冲在喊：四鳳。

魯四鳳　在這兒。

〔周冲由中門進，穿一套白西服上身。

周　冲　（進門只看見四鳳）四鳳，我找你一早晨。（看見蘩漪）媽，怎麼您下樓來了？

周蘩漪　冲兒，你的臉怎麼這樣紅？

周　冲　我剛同一個同學打網球。（親熱地）我正有許多話要跟您說。您好一點兒沒有？（坐在蘩漪身旁）這兩天我到樓上看您，您怎麼總把門關上？

周蘩漪　我想清靜清靜。你看我的氣色怎麼樣？四鳳，你給二少爺拿一瓶汽水。你看你的臉通紅。

〔四鳳由飯廳門口下。

周　冲　（高興地）謝謝您。讓我看看您。我看您很好，沒有一點病。爲什麼他們總説您有病呢？您一個人躲在房裡頭，您看，父親回家三天，您都沒有見着他。

周蘩漪　（憂鬱地看着周冲）我心裡不舒服。

周　冲　哦，媽，不要這樣。父親對不起您，可是他老了，我是您的將來，我要娶一個頂好的人，媽，您跟我們一塊住，那我們一定會叫您快活的。

周蘩漪　（臉上閃出一絲微笑的影子）快活？（忽然）冲兒，你是十七了吧？

周　冲　（喜歡他的母親有時這樣奇突）媽，您看，您要再忘了我的歲數，我一定得跟您生氣啦！

周蘩漪　媽不是個好母親。有時候自己都忘了自己在哪兒。（沉思）——哦，十八年了，在這老房子裡，你看，媽老了吧？

周　冲　不，媽，您想什麼？

周蘩漪　我不想什麼。

周　冲　媽，您知道我們要搬家麼？新房子。父親昨天對我説後天就搬過去。

周蘩漪　你知道父親爲什麼要搬房子？

周　冲　您想父親哪一次做事先告訴過我們？——不過我想他老了，他說過以後要不做礦上的事，加上這舊房子不吉利。——哦，媽，您不知道這房子鬧鬼麼？前年秋天，半夜裡，我像是聽見什麼似的。

周蘩漪　你不要再說了。

周　冲　媽，您也信這些話麼？

周蘩漪　我不相信，不過這老房子很怪，我很喜歡它，我總覺得這房子有點靈氣，它拉着我，不讓我走。

周　冲　（忽然高興地）媽。——

〔四鳳拿汽水上。

魯四鳳　二少爺。

周　冲　（站起來）謝謝你。（四鳳紅臉）

〔四鳳倒汽水。

周　冲　你給太太再拿一個杯子來，好麼？（四鳳下）

周蘩漪　（目不轉睛地看着他們）冲兒，你們爲什麼這樣客氣？

周　冲　（喝水）媽，我就想告訴您，那是因爲，——（四鳳進）——回頭我告訴您。媽，您給我畫的扇面呢？

周蘩漪　你忘了我不是病了麼？

周　冲　對了，您原諒我。我，我，——怎麼這屋子這樣熱？

周蘩漪　大概是窗戶沒有開。

周　冲　讓我來開。

魯四鳳　老爺說過不叫開，說外面比屋裡熱。

周蘩漪　不，四鳳，開開它。他在外頭一去就是兩年不回家，這屋子裡的死氣他是不知道的。（四鳳拉開壁龕前的帷幔）

周　冲　（見四鳳很費力地移動窗前的花盆）四鳳，你不要動。讓我來。（走過去）

魯四鳳　我一個人成，二少爺。

周　冲　（爭執着）讓我。（二人拿起花盆，放下時壓了四鳳的手，四鳳輕輕叫了一聲痛）怎麼樣？四鳳？（拿着她的手）

魯四鳳　（抽出自己的手）沒有什麼，二少爺。

周　冲　不要緊，我給你拿點橡皮膏。

周蘩漪　冲兒，不用了。——（轉頭向四鳳）你到廚房去看一看，問問給老爺做的素菜都做完了沒有？

〔四鳳由中門下，周冲望着她下去。

周蘩漪　冲兒，（周冲回來）坐下。你說吧。

周　冲　（看着蘩漪，帶了希冀和快樂的神色）媽，我這兩天很快活。

周蘩漪　在這家裡，你能快活，自然是好現象。

周　冲　媽，我一向什麼都不肯瞞過您，您不是一個平常的母親，您最大膽，最有想像，又，最同情我的思想的。

周蘩漪　那我很歡喜。

周　冲　媽，我要告訴您一件事，——不，我要跟您商量一件事。

周蘩漪　你先說給我聽聽。

周　冲　媽，（神秘地）您不說我麼？

周蘩漪　我不說你，孩子，你說吧。

周　冲　（高興地）哦，媽——（又停下了，遲疑着）不，不，不，我不說了。

周蘩漪　（笑了）爲什麼？

周　冲　我，我怕您生氣。（停）我說了以後，你還是一樣地喜歡我麼？

周蘩漪　傻孩子，媽永遠是喜歡你的。

周　冲　（笑）我的好媽媽。眞的，您還喜歡我？不生氣？

周蘩漪　嗯，眞的——你說吧。

周　冲　媽，說完以後我還不許您笑話我。

周蘩漪　嗯，我不笑話你。

周　冲　眞的？

周蘩漪　眞的！

周　冲　媽，我現在喜歡一個人。

周蘩漪　哦！（證實了她的疑懼）哦！

周　冲　（望着蘩漪的凝視的眼睛）媽，您看，您的神氣又好像說我不應該似的。

周蘩漪　不，不，你這句話叫我想起來，——叫我覺得我自己……——哦，不，不，不。你說吧。這個女孩子是誰？

周　冲　她是世界上最——（看一看蘩漪）不，媽，您看您又要笑話我。反正她是我認爲最滿意的女孩子。她心地單純，她懂得活着的快樂，她知道同情，她明白勞動有意義。最好的，她不是小姐堆裡嬌生慣養出來的人。

周蘩漪　可是你不是喜歡受過教育的人麼？她唸過書麼？

周　冲　自然沒唸過書。這是她，也可說是她唯一的缺點，然而這並不怪她。

周蘩漪　哦。（眼睛暗下來，不得不問下一句，沉重地）冲兒，你說的不是——四鳳？

周　冲　是，媽媽。——媽，我知道旁人會笑話我，您不會不同情我的。

周蘩漪　（驚愕，停，自語）怎麼，我自己的孩子也……

周　冲　（焦灼）您不願意麼？您以爲我做錯了麼？

周蘩漪　不，不，那倒不。我怕她這樣的孩子不會給你幸福的。

周　冲　不，她是個聰明有感情的人，並且她懂得我。

周蘩漪　你不怕父親不滿意你麼？

周　冲　這是我自己的事情。

周蘩漪　別人知道了說閒話呢？

周　冲　那我更不放在心上。

周蘩漪　這倒像我自己的孩子。不過我怕你走錯了。第一，她始終是個沒受過教育的下等人。你要是喜歡她，她當然以爲這是她的幸運。

周　冲　媽，您以爲她沒有主張麼？

周蘩漪　冲兒，你把什麼人都看得太高了。

周　冲　媽，我認爲您這句話對她用是不合適的。她是最純潔，最有主張的好孩子，昨天我跟她求婚——

周蘩漪　（更驚愕）什麼？求婚？（這兩個字叫她想笑）你跟她求婚？

周　冲　（很正經地，不喜歡母親這樣的態度）不，媽，您不要笑！她拒絕我了。——可是我很高興，這樣我覺得她更高貴了。她說她不願意嫁給我。

周蘩漪　哦，拒絕！（這兩個字也覺得十分可笑）她還"拒絕"你。——哼，我明白她。

周　冲　你以爲她不答應我，是故意地虛僞麼？不，不，她說，她心裡另外有一個人。

周蘩漪　她沒有說誰？

周　冲　我沒有問。總是她的鄰居，常見的人吧。——不過真的愛情免不了波折，我愛她，她會漸漸地明白我，喜歡我的。

周蘩漪　我的兒子要娶也不能娶她。

周　冲　媽媽，您爲什麼這樣厭惡她？四鳳是個好女孩子，她背地總是很佩服您，敬重您的。

周蘩漪　你現在預備怎麼樣？

周　冲　我預備把這個意思告訴父親。

周蘩漪　你忘了你父親是什麼樣一個人啦！

周　冲　我一定要告訴他的。我將來並不一定跟她結婚。如果她不願意我，我仍然是尊重她，幫助她的。但是我希望她現在受教育，我希望父親允許我把我的教育費分給她一半上學。

周蘩漪　你眞是個孩子。

周　冲　（不高興地）我不是孩子。我不是孩子。

周蘩漪　你父親一句話就把你所有的夢打破了。

周　冲　我不相信。——（有點沮喪）得了，媽，我們不談這個吧。哦，昨天我見着哥哥，他說他這次可要到礦上去做事了，他明天就走，他說他太忙，他叫我告訴您一聲，他不上樓見您了。您不會怪他吧？

周蘩漪　爲什麼？怪他？

周　冲　我總覺得您同哥哥的感情不如以前那樣似的。媽，您想，他自幼就沒有母親，性情自然容易古怪。我想他的母親一定也感情很盛的，哥哥就是一個很有感情的人。

周蘩漪　你父親回來了，你少說哥哥的母親，免得你父親又板起臉，叫一家子不高興。

周　冲　媽，可是哥哥現在眞有點怪，他喝酒喝得很多，脾氣很暴，有時他還到外國教堂去，不知幹什麼？

周蘩漪　他還怎麼樣？

周　冲　前三天他喝得太醉了。他拉着我的手，跟我說，他恨他自己，說了許多我不大明白的話。

周蘩漪　哦！

周　冲　最後他忽然說，他從前愛過一個他決不應該愛的女人！

周蘩漪　（自語）從前？

周　冲　說完就大哭，當時就逼着我，要我離開他的屋子。

周蘩漪　他還說什麼話來麼？

周　冲　沒有，他很寂寞的樣子，我替他很難過，他到現在爲什麼還不結婚呢？

周蘩漪　（喃喃地）誰知道呢？誰知道呢？

周　冲　（聽見門外腳步的聲音，回頭看）咦，哥哥進來了。

〔中門大開，周萍進。他約莫有二十八九，顏色蒼白，軀幹比他的弟弟略微長些。他的面目清秀，甚至於可以說美，但不是一看就使女人醉心的那種男子。他有寬而黑的眉毛，有厚的耳垂，粗大的手掌，乍一看，有時會令人覺得他有些戇氣的；不過，若是你再長久地同他坐一坐，會感到他的氣味不是你所想的那樣純樸可喜，他是經過了雕琢的，雖然性格上那些粗澀的滓渣經過了教育的提煉，成為精細而優美了；但是一種可以煉鋼熔鐵，火熾的，不成形的原始人生活中所有的那種"蠻"力，也就因為鬱悶，長久離開了空氣的原因，成為懷疑的，怯弱的，莫名其妙的了。和他談兩三句話，便知道這也是一個美麗的空形，如生在田野的麥苗移植在暖室裡，雖然也開花結實，但是空虛脆弱，經不起現實的風霜。在他灰暗的眼神裡，你看見了不定，猶疑，怯弱同衝突。當他的眼神暗下來，瞳仁微微地在閃爍的時候，你知道他在審閱自己的內心過誤，而又怕人窺探出他是這樣無能，只討生活於自己的內心的小圈子裡。但是你以為他是做不出驚人的事情，没有男子的膽量麼？不，在他感情的潮湧起來的時候，——哦，你單看他眼角間一條時時刻刻地變動的刺激人的圓線，極衝動而敏銳的紅而厚的嘴脣，你便知道在這種時候，他會貿然地做出自己終身詛咒的事，而他生活是不會有計劃的。他的脣角鬆弛地垂下來。一點疲乏會使他眸子發獃，叫你覺得他不能克制自己，也不能有規律地終身做一件事。然而他明白自己的病，他在改，不，不如説在悔，永遠地在悔恨自己過去由直覺鑄成的錯誤；因為當着一個新的衝動來時，他的熱情，他的慾望，整個如潮水似地冲上來，淹没了他。他一星星的理智，只是一段枯枝捲在漩渦裡，他昏迷似地做出自己認為不應該做的事。這樣很自然地一個大錯跟着一個更大的錯。所以他是有道德觀念的，有情愛的，但同時又是渴望着生活，覺得自己是個有肉體的人。於是他痛苦了，他恨自己，他羨慕一切没有顧忌，敢做壞事的人，於是他會同情魯貴。他又欽羨一切能抱着一件事業向前做，能依循着一般人所謂的“道德”生活下去，為“模範市民”，“模範家長”的人，於是他佩服他的父親。他的父親在他的見聞裡，除了一點倔强冷酷，——但是這個也是他喜歡的，因為這兩種性格他都没有——是一個無瑕的男子。

他覺得他在那一方面欺騙他的父親是不對了，並不是因為他怎麼愛他的父親（固然他不能說不愛他），他覺得這樣是卑鄙，像老鼠在獅子睡着的時候偷咬一口的行為，同時如一切好內省而又衝動的人，在他的直覺過去，理智冷回來的時候，他更刻毒地恨自己，更深地覺得這是反人性，一切的犯了罪的痛苦都牽到自己身上。他要把自己拯救起來，他需要新的力，無論是什麼，只要能幫助他，把他由衝突的苦海中救出來，他願意找。他見着四鳳，當時就覺得她新鮮，她的"活"！他發現他最需要的那一點東西，是充滿地流動着在四鳳的身裡。她有"青春"，有"美"，有充溢着的血，固然他也看到她是粗，但是他直覺到這才是他要的，漸漸地他厭惡一切憂鬱過分的女人，憂鬱已經蝕盡了他的心；他也恨一切經些教育陶冶的女人（因為她們會提醒他的缺點），同一切細緻的情緒，他覺得"膩"！

〔然而這種感情的波紋是在他心裡隱約地流蕩着，潛伏着；他自己只是順着自己之情感的流在走，他不能用理智再冷酷地剖析自己，他怕，他有時是怕看自己心內的殘疾的。現在他不得不愛四鳳了，他要死心塌地地愛她，他想這樣忘了自己。當然他也明白，他這次的愛不只是為求自己心靈的藥，他還有一個地方是渴。但是在這一層他並不感覺得從前的衝突，他想好好地待她，心裡覺得這樣也説得過去了。經過她那有處女香的温熱的氣息後，豁然地他覺出心地的清朗，他看見了自己心内的太陽，他想“能拯救他的女人大概是她吧！”於是就把生命交給這個女孩子，然而昔日的記憶如巨大的鐵掌抓住了他的心，不時地，尤其是在蘩漪面前，他感覺一絲一絲刺心的疚痛；於是他要離開這個地方——這個能引起人的無邊噩夢似的老房子，走到任何地方。而在未打開這個狹的籠之先，四鳳不能了解也不能安慰他的疚傷的時候，便不自主地縱於酒，於熱烈的狂歡，於一切外面的刺激之中。於是他精神頹喪，永遠成了不安定的神情。

〔現在他穿一件藏青的綢袍，西服褲，漆皮鞋，沒有修臉。整個是不整齊，他打着呵欠。

周　冲　哥哥。

周　萍　你在這兒。

周蘩漪　（覺得沒有理她）萍！

周　萍　哦？（低了頭，又抬起）您——您也在這兒。

周蘩漪　我剛下樓來。

周　萍　（轉頭問周冲）父親沒有出去吧？

周　冲　沒有，你預備見他麼？

周　萍　我想在臨走以前跟父親談一次。（一直走向書房）

周　冲　你不要去。

周　萍　他老人家幹什麼呢？

周　冲　他大概跟一個人談公事。我剛才見着他，他說他一會兒會到這兒來，叫我們在這兒等他。

周　萍　那我先回到我屋子裡寫封信。（要走）

周　冲　不，哥哥，母親說好久不見你。你不願意一齊坐一坐，談談麼？

周蘩漪　你看，你讓哥哥歇一歇，他願意一個人坐着的。

周　萍　（有些煩）那也不見得，我總怕父親回來，您很忙，所以——

周　冲　你不知道母親病了麼？

周蘩漪　你哥哥怎麼會把我的病放在心上？

周　冲　媽！

周　萍　您好一點了麼？

周蘩漪　謝謝你，我剛剛下樓。

周　萍　對了，我預備明天離開家裡到礦上去。

周蘩漪　哦，（停）好得很。——什麼時候回來呢？

周　萍　不一定，也許兩年，也許三年。哦，這屋子怎麼悶氣得很。

周　冲　窗戶已經打開了。——我想，大概是大雨要來了。

周蘩漪　（停一停）你在礦上做什麼呢？

周　冲　媽，你忘了，哥哥是專門學礦科的。

周蘩漪　這是理由麼，萍？

周　萍　（拿起報紙看，遮掩自己）說不出來，像是家裡住得太久了，煩得很。

周蘩漪　（笑）我怕你是膽小吧？

周　萍　怎麼講？

周蘩漪　這屋子曾經鬧過鬼，你忘了。

周　萍　沒有忘。但是這兒我住厭了。

周蘩漪　（笑）假若我是你，這周圍的人我都會厭惡，我也離開這個死地方的。

周　冲　媽，我不要您這樣說話。

周　萍　（憂鬱地）哼，我自己對自己都恨不夠，我還配說厭惡別人？——（歎一口氣）弟弟，我想回屋去了。（起立）

〔書房門開。

周　冲　別走，這大概是爸爸來了。

〔裡面的聲音：（書房門開一半，周樸園進，向內露着半個身子說話）我的意思是這麼辦，没有問題了，很好，再見吧，不送。
〔門大開，周樸園進，他約莫有五六十歲，鬢髮已經斑白，帶着橢圓形的金邊眼鏡，一對沉鷙的眼在底下閃爍着。像一切起家立業的人物，他的威嚴在兒孫面前格外顯得峻厲。他穿的衣服，還是二十年前的新裝，一件團花的官紗大褂，底下是白紡綢的襯衫，長衫的領扣鬆散着，露着頸上的肉。他的衣服很舒展地貼在身上，整潔，没有一些塵垢。他有些胖，背微微地傴僂，面色蒼白，腮肉鬆弛地垂下來，眼眶略微下陷，眸子閃閃地放着光彩，時常也倦怠地閉着眼皮。他的臉帶着多年的世故和勞碌，一種冷峭的目光和偶然在嘴角逼出的冷笑，看出他平日的專橫，自是和倔強。年輕時一切的冒失，狂妄已經為臉上的皺紋深深避蓋着，再也尋不着一點痕跡，只有他的半白的頭髮還保持昔日的豐采，很潤澤地分梳到後面。在陽光底下，他的臉呈着銀白色，一般人說這就是貴人的特徵。所以他才有這樣大的礦產。他的下頦的鬍鬚已經灰白，常用一隻象牙的小梳梳理。他的大指套着一個扳指。
〔他現在精神很飽滿，沉重地走出來。

周　萍
周　冲　（同時）爸。

周　冲　客走了？

周樸園　（點頭，轉向蘩漪）你怎麼今天下樓來了，完全好了麼？

周蘩漪　病原來不很重——回來身體好麼？

周樸園　還好。——你應當再到樓上去休息。冲兒，你看你母親的氣色比以前怎麼樣？

周　冲　母親原來就沒有什麼病。

周樸園　（不喜歡兒子們這樣答覆老人的話，沉重地，眼翻上來）誰告訴你的？我不在的時候，你常來問你母親的病麼？（坐在沙發上）

周蘩漪　（怕他又來教訓）樸園，你的樣子像有點瘦了似的。——礦上的罷工究竟怎麼樣？

周樸園　昨天早上已經復工，不成問題。

周　冲　爸爸，怎麼魯大海還在這兒等着要見您呢？

周樸園　誰是魯大海？

周　冲　魯貴的兒子。前年薦進去，這次當代表的。

周樸園　這個人！我想這個人有背景，廠方已經把他開除了。

周　冲　開除！爸爸，這個人腦筋很清楚，我方才跟這個人談了一回。代表罷工的工人並不見得就該開除。

周樸園　哼，現在一般青年人，跟工人談談，說兩三句不關痛癢、同情的話，像是一件很時髦的事情！

周　冲　我以爲這些人替自己的一羣努力，我們應當同情的。並且我們這樣享福，同他們爭飯吃，是不對的。這不是時髦不時髦的事。

周樸園　（眼翻上來）你知道社會是什麼？你讀過幾本關於社會經濟的書？我記得我在德國唸書的時候，對於這方面，我自命比你這種半瓶醋的社會思想要徹底的多！

周　冲　（被壓制下去，然而）爸，我聽說礦上對於這次受傷的工人不給一點撫恤金。

周樸園　（頭揚起來）我認爲你這次說話說得太多。（向蘩漪）這兩年他學得很像你了。（看鐘）十分鐘後我還有一個客來，嗯，你們關於自己有什麼話說麼？

周　萍　爸，剛才我就想見您。

周樸園　哦，什麼事？

周　萍　我想明天就到礦上去。

周樸園　這邊公司的事，你交代完了麼？

周　萍　差不多完了。我想請父親給我點實在的事情做，我不想看看就完事。

周樸園　（停一下，看周萍）苦的事你成麼？要做就做到底。我不願意我的兒子叫旁人說閒話的。

周　萍　這兩年在這兒做事太舒服，心裡很想在內地鄉下走走。

周樸園　讓我想想。——（停）你可以明天起身，做哪一類事情，到了礦上我再打電報給你。

〔四鳳由飯廳門入，端了碗普洱茶。

周　冲　（猶豫地）爸爸。

周樸園　（知道他又有新花樣）嗯，你？

周　冲　我現在想跟爸爸商量一件很重要的事。

周樸園　什麼？

周　冲　（低下頭）我想把我的學費的一部份分出來。

周樸園　哦。

周　冲　（鼓起勇氣）把我的學費拿出一部份送給——

〔四鳳端茶，放樸園前。

周樸園　四鳳，——（向周冲）你先等一等。——（向四鳳）叫你給太太煎的藥呢？

魯四鳳　煎好了。

周樸園　爲什麼不拿來？

魯四鳳　（看蘩漪，不說話）

周蘩漪　（覺出四周的徵兆有些惡相）她剛才給我倒來了，我沒有喝。

周樸園　爲什麼？（停，向四鳳）藥呢？

周蘩漪　（快說）倒了，我叫四鳳倒了。

周樸園　（慢）倒了？哦？（更慢）倒了！——（向四

鳳）藥還有麼？

魯四鳳　藥罐裡還有一點。

周樸園　（低而緩地）倒了來。

周蘩漪　（反抗地）我不願意喝這種苦東西。

周樸園　（向四鳳，高聲）倒了來。

〔四鳳走到左面倒藥。

周　冲　爸，媽不願意，您何必這樣強迫呢？

周樸園　你同你母親都不知道自己的病在哪兒。（向蘩漪低聲）你喝了，就會完全好的。（見四鳳猶豫，指藥）送到太太那裡去。

周蘩漪　（順忍地）好，先放在這兒。

周樸園　（不高興地）不。你最好現在喝了它吧。

周蘩漪　（忽然）四鳳，你把它拿走。

周樸園　（忽然嚴厲地）喝了它，不要任性，當着這麼大的孩子。

周蘩漪　（聲顫）我不想喝。

周樸園　冲兒，你把藥端到母親面前去。

周　冲　（反抗地）爸！

周樸園　（怒視）去！

〔周冲只好把藥端到蘩漪面前。

周樸園　說，請母親喝。

周　冲　（拿着藥碗，手發顫，回頭，高聲）爸，您不要這樣。

周樸園　（高聲地）我要你說。

周　萍　（低頭，至周冲前，低聲）聽父親的話吧，父親的脾氣你是知道的。

周　冲　（無法，含着淚，向着母親）您喝吧，爲我喝一點吧，要不然，父親的氣是不會消的。

周蘩漪　（懇求地）哦，留着我晚上喝不成麼？

周樸園　（冷峻地）蘩漪，當了母親的人，處處應當替孩子着想，就是自己不保重身體，也應當替孩子做個服從的榜樣。

周蘩漪　（四面看一看，望望樸園，又望望周萍。拿起藥，落下眼淚，忽而又放下）哦，不！我喝不下！

周樸園　萍兒，勸你母親喝下去。

周　萍　爸！我——

周樸園　去，走到母親面前！跪下，勸你的母親。

〔周萍走至蘩漪前。

周　萍　（求恕地）哦，爸爸！

周樸園　（高聲）跪下！

〔周萍望蘩漪和周冲；蘩漪淚痕滿面，周冲身體發抖。

周樸園　叫你跪下！

〔周萍正向下跪。

周蘩漪　（望着周萍，不等周萍跪下，急促地）我喝，我現在喝！（拿碗，喝了兩口，氣得眼淚又湧出來，她望一望樸園的峻厲的眼和苦惱着

的周萍，嚥下憤恨，一氣喝下）哦……（哭着，由右邊飯廳跑下）

〔半晌。

周樸園　（看錶）還有三分鐘。（向周冲）你剛才說的事呢？

周　冲　（抬頭，慢慢地）什麼？

周樸園　你說把你的學費分出一部份？——嗯，是怎麼樣？

周　冲　（低聲）我現在沒有什麼事情啦。

周樸園　眞沒有什麼新鮮的問題啦麼？

周　冲　（哭聲）沒有什麼，沒有什麼，——媽的話是對的。（跑向飯廳）

周樸園　冲兒，上哪兒去？

周　冲　到樓上去看看媽。

周樸園　就這麼跑了麼？

周　冲　（抑制着自己，走回去）是，爸，我要走了，您有事吩咐麼？

周樸園　去吧。

〔周冲向飯廳走了兩步。

周樸園　回來。

周　冲　爸爸。

周樸園　你告訴你的母親，說我已經請德國的克大夫來，給她看病。

周　冲　媽不是已經吃了您的藥了麼？

周樸園　我看你的母親，精神有點失常，病像是不輕。（回頭向周萍）我看，你也是一樣。

周　萍　爸，我想下去，歇一回。

周樸園　不，你不要走。我有話跟你說。（向周冲）你告訴她，說克大夫是個有名的腦病專家，我在德國認識的。來了，叫她一定看一看，聽見了沒有？

周　冲　聽見了。（走了兩步）爸，沒有事啦？

周樸園　上去吧。

〔周冲由飯廳下。

周樸園　（回頭向四鳳）四鳳，我記得我告訴過你，這個房子你們沒有事就得走的。

魯四鳳　是，老爺。（也由飯廳下）

〔魯貴由書房上。

魯　貴　（見着老爺，便不自主地好像說不出話來）老，老，老爺。客，客來了！

周樸園　哦，先請到大客廳裡去。

魯　貴　是，老爺。（魯貴下）

周樸園　怎麼這窗戶誰開開了？

周　萍　弟弟跟我開的。

周樸園　關上，（擦眼鏡）這屋子不要底下人隨便進來，回頭我預備一個人在這裡休息的。

周　萍　是。

周樸園　（擦着眼鏡，看周圍的傢具）這間屋子的傢具多半是你生母頂喜歡的東西。我從南邊移到北邊，搬了多少次家，總是不肯丟下的。(戴上眼鏡，咳嗽一聲) 這屋子擺的樣子，我願意總是三十年前的老樣子，這叫我的眼看着舒服一點。(踱到桌前，看桌上的相片) 你的生母永遠喜歡夏天把窗戶關上的。

周　萍　(強笑着) 不過，爸爸，紀念母親也不必——

周樸園　(突然抬起頭來) 我聽人說你現在做了一件很對不起自己的事情。

周　萍　(驚) 什——什麼？

周樸園　(低聲走到周萍的面前) 你知道你現在做的事是對不起你的父親麼？並且——(停) ——對不起你的母親麼？

周　萍　(失措) 爸爸。

周樸園　(仁慈地，拿着周萍的手) 你是我的長子，我不願意當着人談這件事。(停，喘一口氣嚴厲地) 我聽說我在外邊的時候，你這兩年來在家裡很不規矩。

周　萍　(更驚恐) 爸，沒有的事，沒有，沒有。

周樸園　一個人敢做一件事就要當一件事。

周　萍　(失色) 爸！

周樸園　公司的人說你總是在跳舞場裡鬼混，尤其是這兩三個月，喝酒，賭錢，整夜地不回家。

周　萍　哦，（喘出一口氣）您說的是——

周樸園　這些事是眞的麼？（半晌）說實話！

周　萍　眞的，爸爸。（紅了臉）

周樸園　將近三十的人應當懂得"自愛"！——你還記得你的名爲什麼叫萍嗎？

周　萍　記得。

周樸園　你自己說一遍。

周　萍　那是因爲母親叫侍萍，母親臨死，自己替我起的名字。

周樸園　那我請你爲你的生母，你把現在的行爲完全改過來。

周　萍　是，爸爸，那是我一時的荒唐。

〔魯貴由書房上。

魯　貴　老，老，老爺。客，——等，等，等了好半天啦。

周樸園　知道。

〔魯貴退。

周樸園　我的家庭是我認爲最圓滿，最有秩序的家庭，我的兒子我也認爲都還是健全的子弟，我教育出來的孩子，我絕對不願叫任何人說他們一點閒話的。

周　萍　是，爸爸。

周樸園　來人啦。（自語）哦，我有點累啦。

〔周萍扶他至沙發坐。

〔魯貴上。

魯　貴　老爺。

周樸園　你請客到這邊來坐。

魯　貴　是，老爺。

周　萍　不，——爸，您歇一會吧。

周樸園　不，你不要管。（向魯貴）去，請進來。

魯　貴　是，老爺。

〔魯貴下，樸園拿出一支雪茄，萍為他點上，樸園徐徐抽煙，端坐。

——**幕　落**

第二幕

〔午飯後，天氣很陰沉，更鬱熱，濕潮的空氣，低壓着在屋內的人，使人成為煩躁的了。周萍一個人由飯廳走上來，望望花園，冷清清的，沒有一個人。偷偷走到書房門口，書房裡是空的，也沒有人。忽然想起父親在別的地方會客，他放下心，又走到窗户前開窗門，看着外面綠蔭蔭的樹叢。低低地吹出一種奇怪的哨聲，中間他低沉地叫了兩三聲"四鳳!"不一時，好像聽見遠處有哨聲在回應，漸移漸近，他又緩緩地叫一聲"鳳兒!"門外有一個女人的聲音，"萍，是你麼?"萍就把窗門關上。

〔四鳳由外面輕輕地跑進來。

周　萍　(回頭，望着中門，四鳳正從中門進，低聲，熱烈地) 鳳兒! (走近，拉着她的手)

魯四鳳　不，(推開他) 不，不。(諦聽，四面望) 看看，有人!

周　萍　沒有，鳳，你坐下。(推她到沙發坐下)

魯四鳳　（不安地）老爺呢？

周　萍　在大客廳會客呢。

魯四鳳　（坐下，歎一口長氣。望着）總是這樣偷偷摸摸的。

周　萍　嗯。

魯四鳳　你連叫我都不敢叫。

周　萍　所以我要離開這兒哪。

魯四鳳　（想一下）哦，太太怪可憐的。爲什麼老爺回來，頭一次見太太就發這麼大的脾氣？

周　萍　父親就是這個樣，他的話，向來不能改的。他的意見就是法律。

魯四鳳　（怯懦地）我——我怕得很。

周　萍　怕什麼？

魯四鳳　我怕萬一老爺知道了，我怕。有一天，你說過，要把我們的事情告訴老爺的。

周　萍　（搖頭，深沉地）可怕的事不在這兒。

魯四鳳　還有什麼？

周　萍　（忽然地）你沒有聽見什麼話？

魯四鳳　什麼？（停）沒有。

周　萍　關於我，你沒有聽見什麼？

魯四鳳　沒有。

周　萍　從來沒聽見過什麼？

魯四鳳　（不願提）沒有——你說什麼？

周　萍　那——沒什麼！沒什麼！

魯四鳳　（真摯地）我信你，我相信你以後永遠不會騙我。這我就夠了。——剛才，我聽你說，你明天就要到礦上去。

周　萍　我昨天晚上已經跟你說過了。

魯四鳳　（爽直地）你爲什麼不帶我去？

周　萍　因爲……（笑）因爲我不想帶你去。

魯四鳳　這邊的事我早晚是要走的。——太太，說不定今天要辭掉我。

周　萍　（没想到）她要辭掉你，——爲什麼？

魯四鳳　你不要問。

周　萍　不，我要知道。

魯四鳳　自然因爲我做錯了事。我想，太太大概沒有這個意思。也許是我瞎猜。（停）萍，你帶我去好不好？

周　萍　不。

魯四鳳　（温柔地）萍，我好好地侍候你，你要這麼一個人。我給你縫衣服，燒飯做菜，我都做得好，只要你叫我跟你在一塊兒。

周　萍　哦，我還要一個女人，跟着我，侍候我，叫我享福？難道，這些年，在家裡，這種生活我還不夠麼？

魯四鳳　我知道你一個人在外頭是不成的。

周　萍　鳳，你看不出來，現在我怎麼能帶你出去？——你這不是孩子話嗎？

魯四鳳　萍，你帶我走！我不連累你，要是外面因爲我，說你的壞話，我立刻就走。你——你不要怕。

周　萍　（急躁地）鳳，你以爲我這麼自私自利麼？你不應該這麼想我。——哼，我怕，我怕什麼？（管不住自己）這些年，我做出這許多的……哼，我的心都死了，我恨極了我自己。現在我的心剛剛有點生氣了，我能放開膽子喜歡一個女人，我反而怕人家罵？哼，讓大家說吧，周家大少爺看上他家裡面的女下人，怕什麼，我喜歡她。

魯四鳳　（安慰地）萍，不要難過。你做了什麼，我也不怨你的。（想）

周　萍　（平靜下來）你現在想什麼？

魯四鳳　我想，你走了以後，我怎麼樣。

周　萍　你等着我。

魯四鳳　（苦笑）可是你忘了一個人。

周　萍　誰？

魯四鳳　他總不放鬆我。

周　萍　哦，他呀——他又怎麼樣？

魯四鳳　他又把前一月的話跟我提了。

周　萍　他說，他要你？

魯四鳳　不，他問我肯嫁他不肯。

周　萍　你呢？

魯四鳳　我先沒有說什麼，後來他逼着問我，我只好告訴他實話。

周　萍　實話？

魯四鳳　我沒有說旁的。我只提我已經許了人家。

周　萍　他沒有問旁的？

魯四鳳　沒有，他倒說，他要供給我上學。

周　萍　上學？（笑）他眞獃氣！——可是，誰知道，你聽了他的話，也許很喜歡的。

魯四鳳　你知道我不喜歡，我願意老陪着你。

周　萍　可是我已經快三十了，你才十八，我也不比他的將來有希望，並且我做過許多見不得人的事。

魯四鳳　萍，你不要同我瞎扯，我現在心裡很難過。你得想出法子，他是個孩子，老是這樣裝着腔，對付他，我實在不喜歡。你又不許我跟他說明白。

周　萍　我沒有叫你不跟他說。

魯四鳳　可是你每次見我跟他在一塊兒，你的神氣，偏偏——

周　萍　我的神氣那自然是不快活的。我看見我最喜歡的女人時常跟別人在一塊兒。哪怕他是我的弟弟，我也不情願的。

魯四鳳　你看你又扯到別處。萍，你不要扯，你現在到底對我怎麼樣？你要跟我說明白。

周　萍　我對你怎麼樣？（他笑了。他不願意說，他覺女人們都有些獃氣，這一句話似乎有一個女人也這樣問過他，他心裡隱隱有些痛）要我說出來？（笑）那麼，你要我怎麼說呢？

魯四鳳　（苦惱地）萍，你別這樣待我好不好？你明明知道我現在什麼都是你的，你還——你還這樣欺負人。

周　萍　（他不喜歡這樣，同時又以為她究竟有些不明白）哦！（歎一口氣）天哪！

魯四鳳　萍，我父親只會跟人要錢，我哥哥瞧不起我，說我沒有志氣，我母親如果知道了這件事，她一定恨我。哦，萍，沒有你就沒有我。我父親，我哥哥，我母親，他們也許有一天會不理我，你不能夠的，你不能夠的。（抽咽）

周　萍　四鳳，不，不，別這樣，你讓我好好地想一想。

魯四鳳　我的媽最疼我，我的媽不願意我在公館裡做事，我怕她萬一看出我的謊話，知道我在這裡做了事，並且同你……如果你又不是眞心的，……那我——那我就傷了我媽的心了。（哭）還有，……

周　萍　不，鳳，你不該這樣疑心我。我告訴你，今天晚上我預備到你那裡去。

魯四鳳　不，我媽今天回來。

周　萍　那麼，我們在外面會一會好麼？

魯四鳳　不成，我媽晚上一定會跟我談話的。

周　萍　不過，我明天早車就要走了。

魯四鳳　你眞不預備帶我走麼？

周　萍　孩子！那怎麼成？

魯四鳳　那麼，你——你叫我想想。

周　萍　我先要一個人離開家，過後，再想法子，跟父親說明白，把你接出來。

魯四鳳　（看着他）也好，那麼今天晚上你只好到我家裡來。我想，那兩間房子，爸爸跟媽一定在外房睡，哥哥總是不在家睡覺，我的房子在半夜裡一定是空的。

周　萍　那麼，我來還是先吹哨，（吹一聲）你聽得清楚吧？

魯四鳳　嗯，我要是叫你來，我的窗上一定有個紅燈，要是沒有燈，那你千萬不要來。

周　萍　不要來？

魯四鳳　那就是我改了主意，家裡一定有許多人。

周　萍　好，就這樣。十一點鐘。

魯四鳳　嗯，十一點。

〔魯貴由中門上，見四鳳和周萍在這裡，突然停止，故意地做出懂事的假笑。

魯　貴　哦！（向四鳳）我正要找你。（向周萍）大少爺，您剛吃完飯？

魯四鳳　找我有什麼事？

魯　貴　你媽來了。

魯四鳳　（喜形於色）媽來了，在哪兒？

魯　貴　在門房，跟你哥哥剛見面，說着話呢。

〔四鳳跑向中門。

周　萍　四鳳，見着你媽，給我問問好。

魯四鳳　謝謝您，回頭見。（四鳳下）

魯　貴　大少爺，您是明天起身麼？

周　萍　嗯。

魯　貴　讓我送送您。

周　萍　不用，謝謝你。

魯　貴　平時總是您心好，照顧着我們。您這一走，我同我這丫頭都得惦記着您了。

周　萍　（笑）你又沒錢了吧？

魯　貴　（奸笑）大少爺，您這可是開玩笑了。——我說的是實話，四鳳知道，我總是背後說大少爺好的。

周　萍　好吧。——你沒有事麼？

魯　貴　沒事，沒事，我只跟您商量點閒拌兒。您知道，四鳳的媽來了，樓上的太太要見她，……

〔蘩漪由飯廳門上，魯貴一眼看見，話說成一半，又吞進去。

魯　貴　哦，太太下來了！太太，您病完全好啦？（蘩漪點一點頭）魯貴直惦記着。

周蘩漪　好，你下去吧。

〔魯貴鞠躬由中門下。

周蘩漪　（向周萍）他上哪兒去了？

周　萍　（莫明其妙）誰？

周蘩漪　你父親。

周　萍　他有事情，見客，一會兒就回來。弟弟呢？

周蘩漪　他只會哭，他走了。

周　萍　（怕和她一同在這間屋裡）哦。（停）我要走了，我現在要收拾東西去。（走向飯廳）

周蘩漪　回來，（周萍停步）我請你略微坐一坐。

周　萍　什麼事。

周蘩漪　（陰沉地）有話說。

周　萍　（看出她的神色）你像是有很重要的話跟我談似的。

周蘩漪　嗯。

周　萍　說吧。

周蘩漪　我希望你明白方才的情形。這不是一天的事情。

周　萍　（躲避地）父親一向是那樣，他說一句就是一句的。

周蘩漪　可是人家說一句，我就要聽一句，那是違背我的本性的。

周　萍　我明白你。（强笑）那麼你頂好不聽他的話就得了。

周蘩漪　萍，我盼望你還是從前那樣誠懇的人。頂好不要學着現在一般青年人玩世不恭的態度。你知道我沒有你在我面前，這樣，我已經很苦了。

周　萍　所以我就要走了。不要叫我們見着，互相提醒我們最後悔的事情。

周蘩漪　我不後悔，我向來做事沒有後悔過。

周　萍　（不得已地）我想，我很明白地對你表示過。這些日子我沒有見你，我想你很明白。

周蘩漪　很明白。

周　萍　那麼，我是個最糊塗，最不明白的人。我後悔，我認爲我生平做錯一件大事。我對不起自己，對不起弟弟，更對不起父親。

周蘩漪　（低沉地）但是你最對不起的人有一個，你反而輕輕地忘了。

周　萍　我最對不起的人，自然也有，但是我不必同你說。

周蘩漪　（冷笑）那不是她！你最對不起的是我，是你曾經引誘過的後母！

周　萍　（有些怕她）你瘋了。

周蘩漪　你欠了我一筆債，你對我負着責任；你不能看見了新的世界，就一個人跑。

周　萍　我認爲你用的這些字眼，簡直可怕。這種字句不是在父親這樣——這樣體面的家庭裡說的。

周蘩漪　（氣極）父親，父親，你撇開你的父親吧！體面？你也說體面？（冷笑）我在這樣的體面家庭已經十八年啦。周家家庭裡所出的罪惡，我聽過，我見過，我做過。我始終不是你們周家的人。我做的事，我自己負責任。不像你們的祖父，叔祖，同你們的好父親，偷偷做出許多可怕的事情，禍移在人身上，外面還是一副道德面孔，慈善家，社會上的好人物。

周　萍　蘩漪，大家庭自然免不了不良份子，不過我們這一支，除了我，……

周蘩漪　都一樣，你父親是第一個僞君子，他從前就引誘過一個良家的姑娘。

周　萍　你不要亂說話。

周蘩漪　萍，你再聽淸楚點，你就是你父親的私生子！

周　萍　（驚異而無主地）你瞎說，你有什麼證據？

周蘩漪　請你問你的體面父親，這是他十五年前喝醉了的時候告訴我的。（指桌上相片）你就是這年輕的姑娘生的小孩。她因爲你父親又不要她，就自己投河死了。

周　萍　你，你，你簡直……——好，好，（强笑）我都承認。你預備怎麼樣？你要跟我說什麼？

周蘩漪　你父親對不起我，他用同樣手段把我騙到你們家來，我逃不開，生了冲兒。十幾年來像剛才一樣的兇横，把我漸漸地磨成了石頭樣的死人。你突然從家鄉出來，是你，是你把我引到一條母親不像母親，情婦不像情婦的路上去。是你引誘的我！

周　萍　引誘！我請你不要用這兩個字好不好？你知道當時的情形怎麼樣？

周蘩漪　你忘記了在這屋子裡，半夜，我哭的時候，你歎息着說的話麼？你說你恨你的父親，你說過，你願他死，就是犯了滅倫的罪也幹。

周　萍　你忘了。那是我年輕，我的熱叫我說出來這樣糊塗的話。

周蘩漪　你忘了，我雖然比你只大幾歲，那時，我總還是你的母親，你知道你不該對我說這種話麼？

周　萍　哦——（歎一口氣）總之，你不該嫁到周家來，周家的空氣滿是罪惡。

周蘩漪　對了，罪惡，罪惡。你的祖宗就不曾清白過，你們家裡永遠是不乾淨。

周　萍　年輕人一時糊塗，做錯了的事，你就不肯原

諒麼?(苦惱地皺着眉)

周蘩漪　這不是原諒不原諒的問題，我已經預備好棺材，安安靜靜地等死，一個人偏把我救活了又不理我，撇得我枯死，慢慢地渴死。讓你說，我該怎麼辦?

周　萍　那，那我也不知道，你來說吧!

周蘩漪　(一字一字地)我希望你不要走。

周　萍　怎麼，你要我陪着你，在這樣的家庭，每天想着過去的罪惡，這樣活活地悶死麼?

周蘩漪　你既然知道這家庭可以悶死人，你怎麼肯一個人走，把我放在家裡?

周　萍　你沒有權利說這種話，你是冲弟弟的母親。

周蘩漪　我不是!我不是!自從我把我的性命，名譽，交給你，我什麼都不顧了。我不是他的母親，不是，不是，我也不是周樸園的妻子。

周　萍　(冷冷地)如果你以爲你不是父親的妻子，我自己還承認我是我父親的兒子。

周蘩漪　(不曾想到他會說這一句話，呆了一下)哦，你是你的父親的兒子。——這些月，你特別不來看我，是怕你的父親?

周　萍　也可以說是怕他，才這樣的吧。

周蘩漪　你這一次到礦上去，也是學着你父親的英雄榜樣，把一個眞正明白你，愛你的人丟開不管麼？

周　萍　這麼解釋也未嘗不可。

周蘩漪　（冷冷地）這麼說，你到底是你父親的兒子。（笑）父親的兒子？（狂笑）父親的兒子？（狂笑，忽然冷靜嚴厲地）哼，都是些沒有用，膽小怕事，不值得人爲他犧牲的東西！我恨着我早沒有知道你！

周　萍　那麼你現在知道了！我對不起你，我已經同你詳細解釋過，我厭惡這種不自然的關係。我告訴你，我厭惡。我負起我的責任，我承認我那時的錯，然而叫我犯了那樣的錯，你也不能完全沒有責任。你是我認爲最聰明，最能了解人的女子，所以我想，你最後會原諒我。我的態度，你現在罵我玩世不恭也好，不負責任也好，我告訴你，我盼望這一次的談話是我們最末一次談話了。（走向飯廳門）

周蘩漪　（沉重的語氣）站着。（周萍立住）我希望你明白我剛才說的話，我不是請求你。我盼望你用你的心，想一想，過去我們在這屋子說的，（停，難過）許多，許多的話。一個女子，你記着，不能受兩代的欺侮，你可以想一想。

周　萍　我已經想得很透徹，我自己這些天的痛苦，我想你不是不知道，好，請你讓我走吧。

〔周萍由飯廳下，蘩漪的眼淚一顆顆地流在腮上，她走到鏡台前，照着自己蒼白色的有皺紋的臉，便嚶嚶地撲在鏡台上哭起來。

〔魯貴偷偷地由中門走進來，看見太太在哭。

魯　貴　（低聲）太太！

周蘩漪　（突然站起）你來幹什麼？

魯　貴　魯媽來了好半天啦。

周蘩漪　誰？誰來好半天啦？

魯　貴　我家裡的，太太不是說過要我叫她來見麼？

周蘩漪　你爲什麼不早點來告訴我？

魯　貴　（假笑）我倒是想着，可是我（低聲）剛才瞧見太太跟大少爺說話，所以就沒敢驚動您。

周蘩漪　啊，你，你剛才在——

魯　貴　我？我在大客廳伺候老爺見客呢！（故意地不明白）太太有什麼事麼？

周蘩漪　沒什麼，那麼你叫魯媽進來吧。

魯　貴　（諂笑）我們家裡是個下等人，說話粗裡粗氣，您可別見怪。

周蘩漪　都是一樣的人。我不過想見一見，跟她談談閒話。

魯　貴　是，那是太太的恩典。對了，老爺剛才跟我說，怕明天要下大雨，請太太把老爺的那一件舊雨衣拿出來，說不定老爺就要出去。

周蘩漪　四鳳給老爺檢的衣裳，四鳳不會拿麼？

魯　貴　我也是這麼說啊，您不是不舒服麼？可是老爺吩咐，不要四鳳，還是要太太自己拿。

周蘩漪　那麼，我一會兒拿來。

魯　貴　不，是老爺吩咐，說現在就要拿出來。

周蘩漪　哦，好，我就去吧。——你現在叫魯媽進來，叫她在這房裡等一等。

魯　貴　是，太太。

〔魯貴下。蘩漪的臉更顯得蒼白，她在極力壓制自己的煩鬱。

周蘩漪　（把窗户打開，吸一口氣，自語）熱極了，悶極了，這裡眞是再也不能住的。我希望我今天變成火山的口，熱烈烈地冒一次，什麼我都燒個乾淨，那時我就再掉在冰川裡，凍成死灰，一生只熱熱地燒一次，也就算夠了。我過去的是完了，希望大概也是死了的。哼，什麼我都預備好了，來吧，恨我的人，來吧，叫我失望的人，叫我忌妬的人，都來吧，我在等候着你們。（望着空空的前面，繼而垂下頭去。魯貴上）

魯　貴　剛才小當差來，說老爺催着要。

周蘩漪　（抬頭）好，你先去吧。我叫陳媽送去。

〔蘩漪由飯廳下，貴由中門下。移時魯媽

——即魯侍萍——與四鳳上。魯媽的年紀約有四十七歲的光景，鬢髮已經有點斑白，面貌白淨，看上去也只有三十八九歲的樣子。她的眼有些獃滯，時而獃獃地望着前面，但是在那秀長的睫毛，和她圓大的眸子間，還尋得出她少年時靜慧的神韻。她的衣服樸素而有身份，舊藍布褲褂，很潔淨地穿在身上。遠遠地看着，依然像大家户裡落魄的婦人。她的高貴的氣質和她的丈夫的鄙俗，奸小，恰成一個强烈的對比。

〔她的頭還包着一條白布手巾，怕是坐火車圍着避土的，她説話總愛微微地笑，尤其因為剛見着兩年未見的親女兒，神色還是快慰地閃着快樂的光彩。她的聲音很低，很沉穩，語音像一個南方人曾經和北方人相處很久，夾雜着許多模糊、輕快的南方音，但是她的字句説得很清楚。她的牙齒非常齊整，笑的時候在嘴角旁露出一對深深的笑渦，叫我們想起來四鳳笑時口旁一對淺淺的渦影。

〔魯媽拉着女兒的手，四鳳就像個小鳥偎在她身邊走進來。後面跟着魯貴，提着一個舊包袱。他驕傲地笑着，比起來，這母子的單純的歡欣，他更是粗鄙了。

魯四鳳　太太呢？

魯　貴　就下來。

魯四鳳　媽，您坐下。（魯媽坐）您累麼？

魯　媽　不累。

魯四鳳　（高興地）媽，您坐一坐。我給您倒一杯冰鎮的涼水。

魯侍萍　不，不要走，我不熱。

魯　貴　鳳兒，你給你媽拿一瓶汽水來，（向魯媽）這兒公館什麼沒有？一到夏天，檸檬水，果子露，西瓜湯，橘子，香蕉，鮮荔枝，你要什麼，就有什麼。

魯侍萍　不，不，你別聽你爸爸的話。這是人家的東西。你在我身旁跟我多坐一會，回頭跟我同——同這位周太太談談，比喝什麼都強。

魯　貴　太太就會下來，你看你，那塊白包頭，總捨不得拿下來。

魯侍萍　（和藹地笑着）眞的，說了那麼半天。（笑望着四鳳）連我在火車上搭的白手巾都忘了解啦。（要解它）

魯四鳳　（笑着）媽，您讓我替您解開吧。（走過去解。這裡，魯貴走到小茶几旁，又偷偷地把煙放在自己的煙盒裡）

魯侍萍　（解下白手巾）你看我的臉髒麼？火車上盡是土，你看我的頭髮，不要叫人家笑。

魯四鳳　不，不，一點都不髒。兩年沒見您，您還是那個樣。

魯侍萍　哦，鳳兒，你看我的記性。談了這半天，我忘記把你頂喜歡的東西給你拿出來啦。

魯四鳳　什麼？媽。

魯侍萍　（由身上拿出一個小包來）你看，你一定喜歡的。

魯四鳳　不，您先別給我看，讓我猜猜。

魯侍萍　好，你猜吧。

魯四鳳　小石娃娃？

魯侍萍　（搖頭）不對，你太大了。

魯四鳳　小粉撲子。

魯侍萍　（搖頭）給你那個有什麼用？

魯四鳳　哦，那一定是小針線盒。

魯侍萍　（笑）差不多。

魯四鳳　那您叫我打開吧。（忙打開紙包）哦，媽！頂針，銀頂針！爸，您看，您看！（給魯貴看）

魯　貴　（隨聲說）好！好！

魯四鳳　這頂針太好看了，上面還鑲着寶石。

魯　貴　什麼？（走兩步，拿來細看）給我看看。

魯侍萍　這是學校校長的太太送給我的。校長丟了個要緊的錢包，叫我拾着了，還給他。校長的太太就非要送給我東西，拿出一大堆小首飾，叫我挑，送給我的女兒。我就檢出這一件，拿來送給你，你看好不好？

魯四鳳　好，媽，我正要這個呢。

魯　貴　咦，哼，（把頂針交給四鳳）得了吧，這寶石是假的，你挑的眞好。

魯四鳳　（見着母親特別歡喜説話，輕蔑地）哼，您呀，眞寶石到了您的手裡也是假的。

魯侍萍　鳳兒，不許這樣跟爸爸說話。

魯四鳳　（撒嬌）媽，您不知道，您不在這兒，爸爸就拿我一個人撒氣，盡欺負我。

魯　貴　（看不慣他妻女這樣"鄉氣"，於是輕蔑地）你看你們這點窮相，走到大家公館，不來看看人家的闊排場，盡在一邊閒扯。四鳳，你先把你這兩年做的衣裳給你媽看看。

魯四鳳　（白眼）媽不希罕這個。

魯　貴　你不也有點首飾麼？你拿出來給你媽開開眼。看看還是我對，還是把女兒關在家裡對？

魯侍萍　（向魯貴）我走的時候囑咐過你，這兩年寫信的時候也總不斷地提醒過你，我說過我不願意把我的女兒送到一個闊公館，叫人家使喚。你偏——（忽然覺得這不是談家事的地方，回頭向四鳳）你哥哥呢？

魯四鳳　不是在門房裡等着我們麼？

魯　貴　不是等着你們，人家等着見老爺呢。（向魯媽）去年我叫人給你捎個信，告訴你大海也當了礦上的工頭，那都是我在這兒嘀咕上的。

魯四鳳　（厭惡她父親又表白自己的本領）爸爸，您看哥哥去吧。他的脾氣有點不好，怕他等急了，跟張爺劉爺們鬧起來。

魯　貴　眞他媽的。這孩子的狗脾氣我倒忘了，（走向中門，回頭）你們好好在這屋子坐一會，別亂動，太太一會兒就下來。

〔魯貴下。母女見魯貴走後，如同犯人望見看守走了一樣，舒展地吐出一口氣來。母女二人相對淒然地笑了一笑，剎那間，她們臉上又浮出歡欣，這次是由衷心升起來愉快的笑。

魯侍萍　（伸出手來，向四鳳）哦，孩子，讓我看看你。

〔四鳳走到母親面前。跪下。

魯四鳳　媽，您不怪我吧？您不怪我這次沒聽您的話，跑到周公館做事吧？

魯侍萍　不，不，做了就做了。——不過爲什麼這兩年你一個字也不告訴我，我下車走到家裡，才聽見張大嬸告訴我，說我的女兒在這兒。

魯四鳳　媽，我怕您生氣，我怕您難過，我不敢告訴您。——其實，媽，我們也不是什麼富貴人家，就是像我這樣幫人，我想也沒有什麼關係。

魯侍萍　不，你以爲媽怕窮麼？怕人家笑我們窮麼？不，孩子，媽最知道認命，媽最看得開，不過，孩子，我怕你太年輕，容易一陣子犯糊塗，媽受過苦，媽知道的。你不懂，你不知道這世界太——人的心太——。（歎一口氣）好，我們先不提這個。（站起來）這家的太太眞怪！她要見我幹什麼？

魯四鳳　嗯，嗯，是啊。（她的恐懼來了，但是她願意向好的一面想）不，媽，這邊太太沒有多少朋友，她聽說媽也會寫字，唸書，也許覺着很相近，所以想請媽來談談。

魯侍萍　（不信地）哦？（慢慢看這屋子的擺設，指着有鏡台的櫃）這屋子倒是很雅致的。就是傢具太舊了點。這是——？

魯四鳳　這是老爺用的紅木書桌，現在做擺飾用了。聽說這是三十年前的老東西，老爺偏偏喜歡用，到哪兒帶到哪兒。

魯侍萍　那個（指着有鏡台的櫃）是什麼？

魯四鳳　那也是件老東西，從前的第一個太太，就是大少爺的母親，頂愛的東西。您看，從前的傢具多笨哪。

魯侍萍　咦，奇怪。——爲什麼窗戶還關上呢？

魯四鳳　您也覺奇怪不是？這是我們老爺的怪脾氣，夏天反而要關窗戶。

魯侍萍　（回想）鳳兒，這屋子我像是在哪兒見過似的。

魯四鳳　（笑）真的？您大概是想我想的夢裡到過這兒。

魯侍萍　對了，夢似的。——奇怪，這地方怪得很，這地方忽然叫我想起了許多許多事情。（低下頭坐下）

魯四鳳　（慌）媽，您怎麼臉上發白？您別是受了暑，我給您拿一杯冷水吧？

魯侍萍　不，不是，你別去——我怕得很，這屋子有鬼怪！

魯四鳳　媽，您怎麼啦？

魯侍萍　我怕得很，忽然我把三十年前的事情一件一件地都想起來了，已經忘了許多年的人又在我心裡轉。四鳳，你摸摸我的手。

魯四鳳　（摸魯媽的手）冰涼，媽，您可別嚇壞我。我膽子小，媽，媽，——這屋子從前可鬧過鬼的！

魯侍萍　孩子，你別怕，媽不怎麼樣。不過，四鳳，我好像我的魂來過這兒似的。

魯四鳳　媽，您別瞎說啦，您怎麼來過？他們二十年前才搬到這兒北方來，那時候，您不是還在南方麼？

魯侍萍　不，不，我來過。這些傢具，我想不起來——我在哪兒見過。

魯四鳳　媽，您的眼不要直瞪瞪地望着，我怕。

魯侍萍　別怕，孩子，別怕。孩子。（聲音愈低，她用力地想，她整個的人，縮縮到記憶的最下層深處）

魯四鳳　媽，您看那個櫃幹什麼？那就是從前死了的第一個太太的東西。

魯侍萍　（突然低聲顫顫地向四鳳）鳳兒，你去看，你去看，那隻櫃子靠右第三個抽屜裡，有沒有一隻小孩穿的繡花虎頭鞋。

魯四鳳　媽，您怎麼啦？不要這樣疑神疑鬼的。

魯侍萍　鳳兒，你去，你去看一看。我心裡有點怯，我有點走不動，你去！

魯四鳳　好，我去看。

〔她走到櫃前，拉開抽斗，看。

魯侍萍　（急問）有沒有？

魯四鳳　沒有，媽。

魯侍萍　你看清楚了？

魯四鳳　沒有，裡面空空地就是些茶碗。

魯侍萍　哦，那大概是我在做夢了。

魯四鳳　（憐惜她的母親）別多說話了，媽，靜一靜吧。媽，您在外受了委屈了，（落淚）從前，您不是這樣神魂顛倒的。可憐的媽呀（抱着她）好一點了麼？

魯侍萍　不要緊的。——剛才我在門房聽見這家裡還有兩位少爺？

魯四鳳　嗯媽，都很好，都很和氣的。

魯侍萍　（自言自語地）不，我的女兒說什麼也不能在這兒多呆。不成。不成。

魯四鳳　媽，您說什麼？這兒上上下下都待我很好。媽，這裡老爺太太向來不罵底下人，兩位少爺都很和氣的。這周家不但是活着的人心好，就是死了的人樣子也是挺厚道的。

魯侍萍　周？這家裡姓周？

魯四鳳　媽，您看您，您剛才不是問着周家的門進來的麼，怎麼會忘了？（笑）媽，我明白了，您還是路上受熱了。我先給你拿着周家第一個太太的相片，給您看。我再給你拿點水來喝。

〔四鳳在鏡台上拿了相片過來，站在魯媽背後，給她看。

魯侍萍　（拿着相片，看）哦！（驚愕得說不出話來，手發顫）

魯四鳳　（站在魯媽背後）您看她多好看，這就是大少爺的母親，笑得多美，他們說還有點像我呢。可惜，她死了，要不然，——（覺得魯媽頭向前倒）哦，媽，您怎麼啦？您怎麼？

魯侍萍　不，不，我頭暈，我想喝水。

魯四鳳　（慌，掐着魯媽的手指，搓她的頭）媽，您到這邊來！（扶魯媽到一個大的沙發前，魯媽手裡還緊緊地拿着相片）媽，您在這兒躺一躺。我給您拿水去。

〔四鳳由飯廳門忙跑下。

魯侍萍　哦，天哪。我是死了的人！這是眞的麼？這張相片？這些傢具？怎麼會？——哦，天底下地方大得很，怎麼？熬過這幾十年偏偏又把我這個可憐的孩子，放回到他——他的家裡？哦，好不公平的天哪！（哭泣）

〔四鳳拿水上，魯媽忙擦眼淚。

魯四鳳　（持水杯，向魯媽）媽，您喝一口，不，再喝幾口。（魯媽飲）好一點了麼？

魯侍萍　嗯，好，好啦。孩子，你現在就跟我回家。

魯四鳳　（驚訝）媽，您怎麼啦？

〔由飯廳傳出蘩漪喊“四鳳”的聲音。

魯侍萍　誰喊你？

魯四鳳　太太。

〔蘩漪聲：四鳳！

魯四鳳　唉。

〔蘩漪聲：四鳳，你來，老爺的雨衣你給放在哪兒啦？

魯四鳳　（喊）我就來。（向魯媽）媽等一等，我就回來。

魯侍萍　好，你去吧。

〔四鳳下。魯媽周圍望望，走到櫃前，撫摩着她從前的傢具，低頭沉思。忽然聽見屋外花園裡走路的聲音，她轉過身來，等候着。

〔魯貴由中門上。

魯　貴　四鳳呢？

魯侍萍　這兒的太太叫了去啦。

魯　貴　你回頭告訴太太，說找着雨衣，老爺自己到這兒來穿，還要跟太太說幾句話。

魯侍萍　老爺要到這屋裡來？

魯　貴　嗯，你告訴淸楚了，別回頭老爺來到這兒，太太不在，老頭兒又發脾氣了。

魯侍萍　你跟太太說吧。

魯　貴　這上上下下許多底下人都得我支派，我忙不開，我可不能等。

魯侍萍　我要回家去，我不見太太了。

魯　貴　爲什麼？這次太太叫你來，我告訴你，就許有點什麼很要緊的事跟你談談。

魯侍萍　我預備帶着鳳兒回去，叫她辭了這兒的事。

魯　貴　什麼？你看你這點——

〔蘩漪由飯廳上。

魯　貴　太太。

周蘩漪　（向門內）四鳳，你先把那兩套也拿出來，問問老爺要哪一件。（裡面答應）哦，（吐出一口氣，向魯媽）這就是四鳳的媽吧？叫你久等了。

魯　貴　等太太是應當的。太太準她來給您請安就是老大的面子。

〔四鳳由飯廳出，拿雨衣進。

周蘩漪　請坐！你來了好半天啦。（魯媽只在打量着，没有坐下）

魯侍萍　不多一會，太太。

魯四鳳　太太。把這三件雨衣都送給老爺那邊去麼？

魯　貴　老爺說就放在這兒，老爺自己來拿，還請太太等一會，老爺見您有話說呢。

周蘩漪　知道了。（向四鳳）你先到廚房，把晚飯的菜看看，告訴廚房一下。

魯四鳳　是，太太。（望着魯貴，又疑懼地望着蘩漪由中門下）

周蘩漪　魯貴，告訴老爺，說我同四鳳的母親談話，回頭再請他到這兒來。

魯　貴　是，太太。（但不走）

周蘩漪　（見魯貴不走）你有什麼事麼？

魯　貴　太太，今天早上老爺吩咐德國克大夫來。

周蘩漪　二少爺告訴過我了。

魯　貴　老爺剛才吩咐，說來了就請太太去看。

周蘩漪　我知道了。好，你去吧。

〔魯貴由中門下。

周蘩漪　（向魯媽）坐下談，不要客氣。（自己坐在沙發上）

魯侍萍　（坐在旁邊一張椅子上）我剛下火車，就聽見太太這邊吩咐，要我來見見您。

周蘩漪　我常聽四鳳提到你，說你唸過書，從前也是很好的門第。

魯侍萍　（不願提起從前的事）四鳳這孩子很傻，不懂規矩，這兩年叫您多生氣啦。

周蘩漪　不，她非常聰明，我也很喜歡她。這孩子不應當叫她伺候人，應當替她找一個正當的出路。

魯侍萍　太太多誇獎她了。我倒是不願意這孩子幫人。

周蘩漪　這一點我很明白。我知道你是個知書達禮的人，一見面，彼此都覺得性情是直爽的，所以我就不妨把請你來的原因現在跟你說一說。

魯侍萍　（忍不住）太太，是不是我這小孩平時的舉動有點叫人說閒話？

周蘩漪　（笑着，故為很肯定地說）不，不是。

〔魯貴由中門上。

魯　貴　太太。

周蘩漪　什麼事？

魯　貴　克大夫已經來了，剛才汽車伕接來的，現時在小客廳等着呢。

周蘩漪　我有客。

魯　貴　客？——老爺說請太太就去。

周蘩漪　我知道，你先去吧。

〔魯貴下。

周蘩漪　（向魯媽）我先把我家裡的情形說一說。第一我家裡的女人很少。

魯侍萍　是，太太。

周蘩漪　我一個人是個女人，兩個少爺，一位老爺，除了一兩個老媽子以外，其餘用的都是男下人。

魯侍萍　是，太太，我明白。

周蘩漪　四鳳的年紀很輕，哦，她才十九歲，是不是？

魯侍萍　不，十八。

周蘩漪　那就對了，我記得好像她比我的孩子是大一歲的樣子。這樣年輕的孩子，在外邊做事，又生得很秀氣的。

魯侍萍　太太，如果四鳳有不檢點的地方，請您千萬不要瞞我。

周蘩漪　不，不，（又笑了）她很好的。我只是說說這個情形。我自己有一個兒子，他才十七歲，——恐怕剛才你在花園見過——一個不十分懂事的孩子。

〔魯貴自書房門上。

魯　貴　老爺催着太太去看病。

周蘩漪　沒有人陪着克大夫麼？

魯　貴　王局長剛走，老爺自己在陪着呢。

魯侍萍　太太，您先看去。我在這兒等着不要緊。

周蘩漪　不，我話還沒說完。（向魯貴）你跟老爺說，說我沒有病，我自己並沒要請醫生來。

魯　貴　是，太太。（但不走）

周蘩漪　（看魯貴）你在幹什麼？

魯　貴　我等太太還有什麼旁的事要吩咐。

周蘩漪　（忽然想起來）有，你跟老爺回完話之後，你出去叫一個電燈匠來，剛才我聽說花園籐蘿架上的舊電線落下來了，走電，叫他趕快收拾一下，不要電了人。

魯　貴　是，太太。

〔魯貴由中門下。

周蘩漪　（見魯媽立起）魯奶奶，你還是坐呀。哦，這屋子又悶熱起來啦。（走到窗户，把窗户打開，回來，坐）這些天我就看着我這孩子奇怪，誰知這兩天，他忽然跟我說他很喜歡四鳳。

魯侍萍　什麼？

周蘩漪　也許預備要幫助她學費，叫她上學。

魯侍萍　太太，這是笑話。

周蘩漪　我這孩子還想四鳳嫁給他。

魯侍萍　太太，請您不必往下說，我都明白了。

周蘩漪　（追一步）四鳳比我的孩子大，四鳳又是很聰明的女孩子，這種情形——

魯侍萍　（不喜歡蘩漪的曖昧的口氣）我的女兒，我總相信是個懂事，明白大體的孩子。我向來不願意她到大公館幫人，可是我信得過，我的女兒就幫這兒兩年，她總不會做出一點糊塗事的。

周蘩漪　魯奶奶，我也知道四鳳是個明白的孩子，不過有了這種不幸的情形，我的意思，是非常容易叫人發生誤會的。

魯侍萍　（歎氣）今天我到這兒來是萬沒想到的事，回頭我就預備把她帶走，現在我就請太太准了她的長假。

周蘩漪　哦，哦，——如果你以爲這樣辦好，我也覺得很妥當的。不過有一層，我怕，我的孩子有點傻氣，他還是會找到你家裡見四鳳的。

魯侍萍　您放心。我後悔得很，我不該把這個孩子一個人交給她父親管的。明天，我準離開此地，我會遠遠地帶她走，不會見着周家的人。太太，我想現在帶着我的女兒走。

周蘩漪　那麼，也好，回頭我叫賬房把工錢算出來。她自己的東西，我可以派人送去，我有一箱子舊衣服，也可以帶着去，留着她以後在家裡穿。

魯侍萍　（自語）鳳兒，我的可憐的孩子！（坐在沙發上落淚）天哪。

周蘩漪　（走到魯媽面前）不要傷心，魯奶奶。如果錢上有什麼問題，儘管到我這兒來，一定有辦法。好好地帶她回去，有你這樣一個母親教育她，自然比在這兒好的。

〔樸園由書房上。

周樸園　蘩漪！

〔蘩漪抬頭。魯媽站起，忙躲在一旁，神色大變，觀察他。

周樸園　你怎麼還不去？

周蘩漪　（故意地）上哪兒？

周樸園　克大夫在等着你，你不知道麼？

周蘩漪　克大夫？誰是克大夫？

周樸園　給你從前看病的克大夫。

周蘩漪　我的藥喝夠了，我不預備再喝了。

周樸園　那麼你的病……

周蘩漪　我沒有病。

周樸園　（忍耐）克大夫是我在德國的好朋友，對於婦科很有研究。你的神經有點失常，他一定治得好。

周蘩漪　誰說我的神經失常？你們爲什麼這樣咒我，我沒有病，我沒有病，我告訴你，我沒有病！

周樸園　（冷酷地）你當着人這樣胡喊亂鬧，你自己有病，偏偏要諱病忌醫，不肯叫醫生治，這不就是神經上的病態麼？

周蘩漪　哼，我假若是有病，也不是醫生治得好的。（向飯廳門走）

周樸園　（大聲喊）站住！你上哪兒去？

周蘩漪　（不在意地）到樓上去。

周樸園　（命令地）你應當聽話。

周蘩漪　（好像不明白地）哦！（停，不經意地打量他）你看你！（尖聲笑兩聲）你簡直叫我想笑。（輕蔑地笑）你忘了你自己是怎麼樣一個人啦！（又大笑，由飯廳跑下，重重地關上門）

周樸園　來人！

〔僕人上。

僕　人　老爺！

周樸園　太太現在在樓上。你叫大少爺陪着克大夫到樓上去給太太看病。

僕　人　是，老爺。

周樸園　你告訴大少爺，太太現在神經病很重，叫他小心點，叫樓上老媽子好好地看着太太。

僕　人　是，老爺。

周樸園　還有，叫大少爺告訴克大夫，說我有點累，不陪他了。

僕　人　是，老爺。

〔僕人下。樸園點着一支呂宋煙，看見桌上的雨衣。

周樸園　（向魯媽）這是太太找出來的雨衣嗎？

魯侍萍　（看着他）大概是的。

周樸園　（拿起看看）不對，不對，這都是新的。我要我的舊雨衣，你回頭跟太太說。

魯侍萍　嗯。

周樸園　（看她不走）你不知道這間房子底下人不准隨便進來麼？

魯侍萍　（看着他）不知道，老爺。

周樸園　你是新來的下人？

魯侍萍　不是的，我找我的女兒來的。

周樸園　你的女兒？

魯侍萍　四鳳是我的女兒。

周樸園　那你走錯屋子了。

魯侍萍　哦。——老爺沒有事了？

周樸園　（指窗）窗戶誰叫打開的？

魯侍萍　哦。（很自然地走到窗前，關上窗户，慢慢地走向中門）

周樸園　（看她關好窗門，忽然覺得她很奇怪）你站一站，（魯媽停）你——你貴姓？

魯侍萍　我姓魯。

周樸園　姓魯。你的口音不像北方人。

魯侍萍　對了，我不是，我是江蘇的。

周樸園　你好像有點無錫口音。

魯侍萍　我自小就在無錫長大的。

周樸園　（沉思）無錫？嗯，無錫，（忽而）你在無錫是什麼時候？

魯侍萍　光緒二十年，離現在有三十多年了。

周樸園　哦，三十年前你在無錫？

魯侍萍　是的，三十多年前呢，那時候我記得我們還沒有用洋火呢。

周樸園　（沉思）三十多年前，是的，很遠啦，我想想，我大概是二十多歲的時候。那時候我還在無錫呢。

魯侍萍　老爺是那個地方的人？

周樸園　嗯，（沉吟）無錫是個好地方。

魯侍萍　哦，好地方。

周樸園　你三十年前在無錫麼？

魯侍萍　是，老爺。

周樸園　三十年前，在無錫有一件很出名的事情——

魯侍萍　哦。

周樸園　你知道麼？

魯侍萍　也許記得，不知道老爺說的是哪一件？

周樸園　哦，很遠的，提起來大家都忘了。

魯侍萍　說不定，也許記得的。

周樸園　我問過許多那個時候到過無錫的人，我想打聽打聽。可是那個時候在無錫的人，到現在不是老了就是死了，活着的多半是不知道的，或者忘了。

魯侍萍　如若老爺想打聽的話，無論什麼事，無錫那邊我還有認識的人，雖然許久不通音信，託他們打聽點事情總還可以的。

周樸園　我派人到無錫打聽過。——不過也許湊巧你會知道。三十年前在無錫有一家姓梅的。

魯侍萍　姓梅的？

周樸園　梅家的一個年輕小姐，很賢慧，也很規矩，有一天夜裡，忽然地投水死了，後來，後來，——你知道麼？

魯侍萍　不敢說。

周樸園　哦。

魯侍萍　我倒認識一個年輕的姑娘姓梅的。

周樸園　哦？你說說看。

魯侍萍　可是她不是小姐，她也不賢慧，並且聽說是不大規矩的。

周樸園　也許，也許你弄錯了，不過你不妨說說看。

魯侍萍　這個梅姑娘倒是有一天晚上跳的河，可是不是一個，她手裡抱着一個剛生下三天的男孩。聽人說她生前是不規矩的。

周樸園　（苦痛）哦！

魯侍萍　她是個下等人，不很守本份的。聽說她跟那時周公館的少爺有點不清白，生了兩個兒子。生了第二個，才過三天，忽然周少爺不要她了，大孩子就放在周公館，剛生的孩子她抱在懷裡，在年三十夜裡投河死的。

周樸園　（汗涔涔地）哦。

魯侍萍　她不是小姐，她是無錫周公館梅媽的女兒，她叫侍萍。

周樸園　（抬起頭來）你姓什麼？

魯侍萍　我姓魯，老爺。

周樸園　（喘出一口氣，沉思地）侍萍，侍萍，對了。這個女孩子的屍首，說是有一個窮人見着埋了。你可以打聽得她的墳在哪兒麼？

魯侍萍　老爺問這些閒事幹什麼？

周樸園　這個人跟我們有點親戚。

魯侍萍　親戚？

周樸園　嗯，——我們想把她的墳墓修一修。

魯侍萍　哦——那用不着了。

周樸園　怎麼？

魯侍萍　這個人現在還活着。

周樸園　（驚愕）什麼？

魯侍萍　她沒有死。

周樸園　她還在？不會吧？我看見她河邊上的衣服，裡面有她的絕命書。

魯侍萍　不過她被一個慈善的人救活了。

周樸園　哦，救活啦？

魯侍萍　以後無錫的人是沒見着她，以爲她那夜晚死了。

周樸園　那麼，她呢？

魯侍萍　一個人在外鄉活着。

周樸園　那個小孩呢？

魯侍萍　也活着。

周樸園　（忽然立起）你是誰？

魯侍萍　我是這兒四鳳的媽，老爺。

周樸園　哦。

魯侍萍　她現在老了，嫁給一個下等人，又生了個女孩，境況很不好。

周樸園　你知道她現在在哪兒？

魯侍萍　我前幾天還見着她！

周樸園　什麼？她就在這兒？此地？

魯侍萍　嗯，就在此地。

周樸園　哦！

魯侍萍　老爺，您想見一見她麼。

周樸園　不，不。謝謝你。

魯侍萍　她的命很苦。離開了周家，周家少爺就娶了一位有錢有門第的小姐。她一個單身人，無親無故，帶着一個孩子在外鄉什麼事都做。討飯，縫衣服，當老媽，在學校裡伺候人。

周樸園　她爲什麼不再找到周家？

魯侍萍　大概她是不願意吧？爲着她自己的孩子她嫁過兩次。

周樸園　嗯，以後她又嫁過兩次。

魯侍萍　嗯，都是很下等的人。她遇人都很不如意，老爺想幫一幫她麼？

周樸園　好，你先下去。讓我想一想。

魯侍萍　老爺，沒有事了？（望着樸園，眼淚要湧出）老爺，您那雨衣，我怎麼說？

周樸園　你去告訴四鳳，叫她把我樟木箱子裡那件舊雨衣拿出來，順便把那箱子裡的幾件舊襯衣也檢出來。

魯侍萍　舊襯衣？

周樸園　你告訴她在我那頂老的箱子裡，紡綢的襯衣，沒有領子的。

魯侍萍　老爺那種綢襯衣不是一共有五件？您要哪一件？

周樸園　要哪一件？

魯侍萍　不是有一件，在右袖襟上有個燒破的窟窿，後來用絲線繡成一朵梅花補上的？還有一件，——

周樸園　（驚愕）梅花？

魯侍萍　還有一件綢襯衣，左袖襟也繡着一朵梅花，旁邊還繡着一個萍字。還有一件，——

周樸園　（徐徐立起）哦，你，你，你是——

魯侍萍　我是從前伺候過老爺的下人。

周樸園　哦，侍萍！（低聲）怎麼，是你？

魯侍萍　你自然想不到，侍萍的相貌有一天也會老得連你都不認識了。

周樸園　你——侍萍？（不覺地望望櫃上的相片，又望魯媽）

魯侍萍　樸園，你找侍萍麼？侍萍在這兒。

周樸園　（忽然嚴厲地）你來幹什麼？

魯侍萍　不是我要來的。

周樸園　誰指使你來的？

魯侍萍　（悲憤）命！不公平的命指使我來的。

周樸園　（冷冷地）三十年的工夫你還是找到這兒來了。

魯侍萍　（憤怨）我沒有找你，我沒有找你，我以爲你早死了。我今天沒想到到這兒來，這是天要我在這兒又碰見你。

周樸園　你可以冷靜點。現在你我都是有子女的人，如果你覺得心裡有委屈，這麼大年紀，我們先可以不必哭哭啼啼的。

魯侍萍　哭？哼，我的眼淚早哭乾了，我沒有委屈，我有的是恨，是悔，是三十年一天一天我自己受的苦。你大概已經忘了你做的事了！三十年前，過年三十的晚上我生下你的第二個兒子才三天，你為了要趕緊娶那位有錢有門第的小姐，你們逼着我冒着大雪出去，要我離開你們周家的門。

周樸園　從前的舊恩怨，過了幾十年，又何必再提呢？

魯侍萍　那是因為周大少爺一帆風順，現在也是社會上的好人物。可是自從我被你們家趕出來以後，我沒有死成，我把我的母親可給氣死了，我親生的兩個孩子你們家裡逼着我留在你們家裡。

周樸園　你的第二個孩子你不是已經抱走了麼？

魯侍萍　那是你們老太太看着孩子快死了，才叫我帶走的。（自語）哦，天哪，我覺得我像在做夢。

周樸園　我看過去的事不必再提起來吧。

魯侍萍　我要提，我要提，我悶了三十年了！你結了婚，就搬了家，我以為這一輩子也見不着你了；誰知道我自己的孩子偏偏命定要跑到周家來，又做我從前在你們家裡做過的事。

周樸園　怪不得四鳳這樣像你。

魯侍萍　我伺候你，我的孩子再伺候你生的少爺們。

這是我的報應，我的報應。

周樸園　你靜一靜。把腦子放清醒點。你不要以爲我的心是死了，你以爲一個人做了一件於心不忍的事就會忘了麼？你看這些傢具都是你從前頂喜歡的東西，多少年我總是留着，爲着紀念你。

魯侍萍　（低頭）哦。

周樸園　你的生日——四月十八——每年我總記得。一切都照着你是正式嫁過周家的人看，甚至於你因爲生萍兒，受了病，總要關窗戶，這些習慣我都保留着，爲的是不忘你，彌補我的罪過。

魯侍萍　（歎一口氣）現在我們都是上了年紀的人，這些傻話請你也不必說了。

周樸園　那更好了。那麼我們可以明明白白地談一談。

魯侍萍　不過我覺得沒有什麼可談的。

周樸園　話很多。我看你的性情好像沒有大改，——魯貴像是個很不老實的人。

魯侍萍　你不要怕。他永遠不會知道的。

周樸園　那雙方面都好。再有，我要問你的，你自己帶走的兒子在哪兒？

魯侍萍　他在你的礦上做工。

周樸園　我問，他現在在哪兒？

魯侍萍　就在門房等着見你呢。

周樸園　什麼？魯大海？他！我的兒子？

魯侍萍　他的腳趾頭因爲你的不小心，現在還是少一個的。

周樸園　（冷笑）這麼說，我自己的骨肉在礦上鼓動罷工，反對我！

魯侍萍　他跟你現在完完全全是兩樣的人。

周樸園　（沉靜）他還是我的兒子。

魯侍萍　你不要以爲他還會認你做父親。

周樸園　（忽然）好！痛痛快快地！你現在要多少錢吧？

魯侍萍　什麼？

周樸園　留着你養老。

魯侍萍　（苦笑）哼，你還以爲我是故意來敲詐你，才來的麼？

周樸園　也好，我們暫且不提這一層。那麼，我先說我的意思。你聽着，魯貴我現在要辭退的，四鳳也要回家。不過——

魯侍萍　你不要怕，你以爲我會用這種關係來敲詐你麼？你放心，我不會的。大後天我就帶着四鳳回到我原來的地方。這是一場夢，這地方我絕對不會再住下去。

周樸園　好得很，那麼一切路費，用費，都歸我擔負。

魯侍萍　什麼？

周樸園　這於我的心也安一點。

魯侍萍　你？（笑）三十年我一個人都過了，現在我反而要你的錢？

周樸園　好，好，好，那麼，你現在要什麼？

魯侍萍　（停一停）我，我要點東西。

周樸園　什麼？說吧？

魯侍萍　（淚滿眼）我——我——我只要見見我的萍兒。

周樸園　你想見他？

魯侍萍　嗯，他在哪兒？

周樸園　他現在在樓上陪着他的母親看病。我叫他，他就可以下來見你。不過是——

魯侍萍　不過是什麼？

周樸園　他很大了。

魯侍萍　（追憶）他大概是二十八了吧？我記得他比大海只大一歲。

周樸園　並且他以爲他母親早就死了的。

魯侍萍　哦，你以爲我會哭哭啼啼地叫他認母親麼？我不會那樣傻的。我難道不知道這樣的母親只給自己的兒子丟人麼？我明白他的地位，他的教育，不容他承認這樣的母親。這些年我也學乖了，我只想看看他，他究竟是我生的孩子。你不要怕，我就是告訴他，白白地增加他的煩惱，他自己也不願意認我的。

周樸園　那麼，我們就這樣解決了。我叫他下來，你看一看他，以後魯家的人永遠不許再到周家來。

魯侍萍　好，我希望這一生不至於再見你。

周樸園　（由衣內取出皮夾的支票簽好）很好，這是一張五千塊錢的支票，你可以先拿去用。算是彌補我一點罪過。

魯侍萍　（接過支票）謝謝你。（慢慢撕碎支票）

周樸園　侍萍。

魯侍萍　我這些年的苦不是你拿錢算得清的。

周樸園　可是你——

〔外面爭吵聲。魯大海的聲音：“放開我，我要進去。”三四男僕聲：“不成，不成，老爺睡覺呢。”門外有男僕等與魯大海掙扎聲。

周樸園　（走至中門）來人！（僕人由中門進）誰在吵？

僕　人　就是那個工人魯大海！他不講理，非見老爺不可。

周樸園　哦。（沉吟）那你就叫他進來吧。等一等，叫人到樓上請大少爺下來，我有話問他。

僕　人　是，老爺。

〔僕人由中門下。

周樸園　（向魯媽）侍萍，你不要太固執。這一點錢你不收下，將來你會後悔的。

魯侍萍　（望着他，一句話也不説）

〔僕人領魯大海進，大海站在左邊，三、四僕人立一旁。

魯大海　（見魯媽）媽，您還在這兒？

周樸園　（打量魯大海）你叫什麼名字？

魯大海　（大笑）董事長，您不要同我擺架子，您難道不知道我是誰麼？

周樸園　你？我只知道你是罷工鬧得最兇的工人代表。

魯大海　對了，一點兒也不錯，所以才來拜望拜望您。

周樸園　你有什麼事吧？

魯大海　董事長當然知道我是爲什麼來的。

周樸園　（搖頭）我不知道。

魯大海　我們老遠從礦上來，今天我又在您府上大門房裡從早上六點鐘一直等到現在，我就是要問問董事長，對於我們工人的條件，究竟是允許不允許？

周樸園　哦，——那麼，那三個代表呢？

魯大海　我跟你說吧，他們現在正在聯絡旁的工會呢。

周樸園　哦，——他們沒有告訴你旁的事情麼？

魯大海　告訴不告訴於你沒有關係。——我問你，你的意思，忽而軟，忽而硬，究竟是怎麼回子事？

〔周萍由飯廳上，見有人，即想退回。

周樸園　（看周萍）不要走，萍兒！（視魯媽，魯媽知周萍為其子，眼淚汪汪地望着他）

周　萍　是，爸爸。

周樸園　（指身側）萍兒，你站在這兒。（向大海）你這麼只憑意氣是不能交涉事情的。

魯大海　哼，你們的手段，我都明白。你們這樣拖延時候，不過是想去花錢收買少數不要臉的敗類，暫時把我們騙在這兒。

周樸園　你的見地也不是沒有道理。

魯大海　可是你完全錯了。我們這次罷工是有團結的，有組織的。我們代表這次來並不是來求你們。你聽清楚，不求你們。你們允許就允許；不允許，我們一直罷工到底，我們知道你們不到兩個月整個地就要關門的。

周樸園　你以爲你們那些代表們，那些領袖們都可靠嗎？

魯大海　至少比你們只認識洋錢的結合要可靠得多。

周樸園　那麼我給你一件東西看。

〔樸園在桌上找電報，僕人遞給他；此時周冲偷偷由左書房進，在旁諦聽。

周樸園　（給大海電報）這是昨天從礦上來的電報。

魯大海　（拿過去讀）什麼？他們又上工了。（放下電報）不會，不會。

周樸園　礦上的工人已經在昨天早上復工，你當代表的反而不知道麼？

魯大海　（驚，怒）怎麼礦上警察開槍打死三十個工人就白打了麼？（又看電報，忽然笑起來）哼，這是假的。你們自己假作的電報來離間我們的。（笑）哼，你們這種卑鄙無賴的行爲！

周　萍　（忍不住）你是誰？敢在這兒胡說？

周樸園　萍兒！沒有你的話。（低聲向大海）你就這樣相信你那同來的幾個代表麼？

魯大海　你不用多說，我明白你這些話的用意。

周樸園　好，那我把那復工的合同給你瞧瞧。

魯大海　（笑）你不要騙小孩子，復工的合同沒有我們代表的簽字是不生效力的。

周樸園　哦，（向僕人）合同！（僕人由桌上拿合同遞他）你看，這是他們三個人簽字的合同。

魯大海　（看合同）什麼？（慢慢地，低聲）他們三個人簽了字。他們怎麼會不告訴我，自己就簽了字呢？他們就這樣把我不理啦。

周樸園　對了，傻小子，沒有經驗只會胡喊是不成的。

魯大海　那三個代表呢？

周樸園　昨天晚車就回去了。

魯大海　（如夢初醒）他們三個就騙了我了，這三個沒有骨頭的東西，他們就把礦上的工人們賣了。哼，你們這些不要臉的董事長，你們的錢這次又靈了。

周　萍　（怒）你混帳！

周樸園　不許多說話。（回頭向大海）魯大海，你現在沒有資格跟我說話——礦上已經把你開除了。

魯大海　開除了!?

周　冲　爸爸，這是不公平的。

周樸園　（向周冲）你少多嘴，出去！

〔周冲由中門氣下。

魯大海　哦，好，好，（切齒）你的手段我早就領教過，只要你能弄錢，你什麼都做得出來。你叫警察殺了礦上許多工人，你還——

周樸園　你胡說！

魯侍萍　（至大海前）別說了，走吧。

魯大海　哼，你的來歷我都知道，你從前在哈爾濱包修江橋，故意叫江堤出險，——

周樸園　（厲聲）下去！

〔僕人等拉他，說“走！走！”

魯大海　（對僕人）你們這些混帳東西，放開我。我要說，你故意淹死了兩千二百個小工，每一個小工的性命你扣三百塊錢！姓周的，你發的是絕子絕孫的昧心財！你現在還——

周　萍　（忍不住氣，走到大海面前，重重地打他兩個嘴巴）你這種混帳東西！

〔大海立刻要還手，但是被周宅的僕人們拉住。

周　萍　打他。

魯大海　（向周萍高聲）你，你！（正要罵，僕人一起打大海。大海頭流血。魯媽哭喊着護大海）

周樸園　（厲聲）不要打人！

〔僕人們停止打大海，仍拉着大海的手。

魯大海　放開我，你們這一羣強盜！

周　萍　（向僕人們）把他拉下去。

魯侍萍　（大哭起來）哦，這眞是一羣強盜！（走至周萍面前，抽咽）你是萍，——憑，——憑什麼打我的兒子？

周　萍　你是誰？

魯侍萍　我是你的——你打的這個人的媽。

魯大海　媽，別理這東西，您小心吃了他們的虧。

魯侍萍　（獃獃地看着周萍的臉，忽而又大哭起來）大海，走吧，我們走吧。（抱着大海受傷的頭哭）

〔大海為僕人擁下，魯媽亦下。台上只有樸園與周萍。

周　萍　（過意不去地）父親。

周樸園　你太莽撞了。

周　萍　可是這個人不應該亂侮辱父親的名譽啊。

〔半晌。

周樸園　克大夫給你母親看過了麼？

周　萍　看完了，沒有什麼。

周樸園　哦，（沉吟，忽然）來人！

〔僕人由中門上。

周樸園　你告訴太太，叫她把魯貴跟四鳳的工錢算清楚，我已經把他們辭了。

僕　人　是，老爺。

周　萍　怎麼？他們兩個怎麼樣了？

周樸園　你不知道剛才這個工人也姓魯，他就是四鳳的哥哥麼？

周　萍　哦，這個人就是四鳳的哥哥？不過，爸爸——

周樸園　（向下人）跟太太說，叫賬房給魯貴同四鳳多算兩個月的工錢，叫他們今天就去。去吧。

〔僕人由飯廳下。

周　萍　爸爸，不過四鳳同魯貴在家裡都很好。很忠誠的。

周樸園　哦，（呵欠）我很累了。我預備到書房歇一下。你叫他們送一碗濃一點的普洱茶來。

周　萍　是，爸爸。

〔樸園由書房下。

周　萍　（歎一口氣）嗨！（急向中門下，周冲適由中門上）

周　冲　（着急地）哥哥，四鳳呢？

周　萍　我不知道。

周　冲　是父親要辭退四鳳麼？

周　萍　嗯，還有魯貴。

周　冲　即便是她的哥哥得罪了父親，我們不是把人家打了麼？爲什麼欺負這麼一個女孩子幹什麼？

周　萍　你可問父親去。

周　冲　這太不講理了。

周　萍　我也這樣想。

周　冲　父親在哪兒？

周　萍　在書房裡。

〔周冲至書房，周萍在屋裡踱來踱去。四鳳由中門走進，顏色蒼白，淚還垂在眼角。

周　萍　（忙走至四鳳前）四鳳，我對不起你，我實在不認識他。

魯四鳳　（用手搖一搖，滿腹說不出的話）

周　萍　可是你哥哥也不應該那樣亂說話。

魯四鳳　不必提了，錯得很。（即向飯廳去）

周　萍　你幹什麼去？

魯四鳳　我收拾我自己的東西去。再見吧，明天你走，我怕不能看你了。

周　萍　不，你不要去。（攔住她）

魯四鳳　不，不，你放開我。你不知道我們已經叫你們辭了麼？

周　萍　（難過）鳳，你——你饒恕我麼？

魯四鳳　不，你不要這樣。我並不怨你，我知道早晚是有這麼一天的，不過，今天晚上你千萬不要來找我。

周　萍　可是，以後呢？

魯四鳳　那——再說吧！

周　萍　不，四鳳，我要見你，今天晚上，我一定要見你，我有許多話要同你說。四鳳，你……

魯四鳳　不，無論如何，你不要來。

周　萍　那你想旁的法子來見我。

魯四鳳　沒有旁的法子。你難道看不出這是什麼情形麼？

周　萍　要這樣，我是一定要來的。

魯四鳳　不，不，你不要胡鬧。你千萬不……

〔蘩漪由飯廳上。

魯四鳳　哦，太太。

周蘩漪　你們在這兒啊！（向四鳳）等一會兒，你的父親叫電燈匠就回來。什麼東西，我可以交給他帶回去。也許我派人給你送去。——你家住在什麼地方?

魯四鳳　杏花巷十號。

周蘩漪　你不要難過，沒事可以常來找我。送給你的衣服，我回頭叫人送到你那裡去。是杏花巷十號吧?

魯四鳳　是，謝謝太太。

〔魯媽在外面叫：四鳳！四鳳！

魯四鳳　媽，我在這兒。

〔魯媽由中門上。

魯侍萍　四鳳，收拾收拾零碎的東西，我們先走吧。快下大雨了。

〔風聲，雷聲漸起。

魯四鳳　是，媽媽。

魯侍萍　（向蘩漪）太太我們走了。（向四鳳）四鳳，你跟太太謝謝。

魯四鳳　（向太太請安）太太，謝謝！（含着眼淚看周萍，周萍緩緩地轉過頭去）

〔魯媽與四鳳由中門下，風雷聲更大。

周蘩漪　萍，你剛才同四鳳說的什麼?

周　萍　你沒有權利問。

周蘩漪　萍，你不要以爲她會了解你。

周　萍　你這是什麼意思?

周蘩漪　你不要再騙我，我問你，你說要到哪兒去?

周　萍　用不着你問。請你自己放尊重一點。

周蘩漪　你說，你今天晚上預備上哪兒去？

周　萍　我——（突然）我找她。你怎麼樣？

周蘩漪　（恫嚇地）你知道她是誰，你是誰麼？

周　萍　我不知道。我只知道我現在眞喜歡她，她也喜歡我。過去這些日子，我知道你早明白得很，現在你旣然願意說破，我當然不必瞞你。

周蘩漪　你受過這樣高等教育的人現在同這麼一個底下人的女兒，這是一個下等女人——

周　萍　（爆烈）你胡說！你不配說她下等，你不配！她不像你，她——

周蘩漪　（冷笑）小心，小心！你不要把一個失望的女人逼得太狠了，她是什麼事都做得出來的。

周　萍　我已經打算好了。

周蘩漪　好，你去吧！小心，現在（望窗外，自語，暗示着惡兆地）風暴就要起來了！

周　萍　（領悟地）謝謝你，我知道。

〔樸園由書房上。

周樸園　你們在這兒說什麼？

周　萍　我正跟母親說剛才的事情呢。

周樸園　他們走了麼？

周蘩漪　走了。

周樸園　蘩漪，冲兒又叫我說哭了，你叫他出來，安慰安慰他。

周蘩漪　(走到書房門口) 冲兒。冲兒! (不聽見裡面答應的聲音，便走進去)

〔外面風雷大作。

周樸園　(走到窗前望外面，風聲甚烈，花盆落地打碎的聲音) 萍兒，花盆叫大風吹倒了，你叫下人快把這窗關上。大概是暴雨就要下來了。

周　萍　是，爸爸! (由中門下)

〔樸園在窗前，望着外面的閃電。

——**幕　落**

第三幕

——杏花巷十號，在魯貴家裡。

下面是魯家屋外的情形：

車站的鐘打了十下，杏花巷的老少還沿着那白天蒸發着臭氣，只有半夜才從租界區域吹來一陣好涼風的水塘邊上乘涼。雖然方才落了一陣暴雨，天氣還是鬱熱難堪，天空黑漆漆地佈滿了惡相的黑雲，人們都像曬在太陽下的小草，雖然半夜裡沾了點露水，心裡還是熱燥燥的，期望着再來一次的雷雨。倒是躲在池塘蘆葦根下的青蛙叫得起勁，一直不停，閒人談話的聲音有一陣没一陣地。無星的天空時而打着没有雷的閃電，藍森森地一晃，閃露出來池塘邊的垂柳在水面顫動着。閃光過去，還是黑黝黝的一片。

漸漸乘涼的人散了，四周圍靜下來，雷又隱隱地響着，青蛙像是嚇得不敢多叫，風又吹起來，柳葉沙沙地。在深巷裡，野狗寂寞地狂吠着。

以後閃電更亮得藍森森地可怕，雷也更兇惡似地隆隆地滚着，四周卻更沉悶地靜下來，偶爾聽見幾聲青蛙叫和更大的木梆聲，野狗的吠聲更稀少，狂雨就快要來了。

最後暴風暴雨，一直到閉幕。

不過觀衆看見的還是四鳳的屋子，（即魯貴兩間房的内屋）前面的叙述除了聲音只能由屋子中間一扇木窗户顯出來。

在四鳳的屋子裡面呢：

魯家現在才吃完晚飯，每個人的心緒都是煩惡的。各人有各人的心思，在一個屋角，魯大海一個人在擦什麽東西。魯媽同四鳳一句話也不説，大家靜默着。魯媽低着頭在屋子中間的圓桌旁收拾筷子碗，魯貴坐在左邊一張破靠椅上，喝得醉醺醺地，眼睛發了紅絲，像個猴子，半身倚着靠背，望着魯媽打着噎。他的赤腳忽然放在椅子上，忽然又平拖在地上，兩條腿像人字似地排開。他穿一件白汗衫，半臂已經汗透了，貼在身上，他不住地摇着芭蕉扇。

四鳳在中間窗户前面站着：背朝着觀衆，面向窗外不安地望着，窗外池塘邊有乘涼的人們説着閒話，有青蛙的叫聲。她時而不安地像聽見了什麽似的，時而又轉過頭看了看魯貴，又煩厭地迅速轉過去。在她旁邊靠左墻是一張搭好的木板牀，上面鋪着涼蓆，一牀很乾淨的裌被，一個涼草枕和一把蒲扇，很整齊地放在上面。

屋子很小，像一切窮人的房子，屋頂低低地壓在頭上。牀頭上掛着一張煙草公司的廣告畫，在左邊的墻上貼着過年時貼上的舊畫，已經破爛許多地方。靠着魯貴坐的唯一的一張椅子立了一張小方桌，上面有鏡子，梳子，女人用的幾件平常的化妝品，那大概就是四鳳的梳妝台了。在左墻有一條板櫈，在中間圓桌旁邊孤零零地立着一個圓櫈子，在右邊四鳳的牀下正排着兩三雙很時髦的鞋。鞋的下頭，有一隻箱子，上面鋪着一塊白布，放着一個瓷壺同兩三個粗的碗。小圓桌上放着一盞洋油燈，上面罩一個鮮紅美麗的紙燈罩；還有幾件零碎的小東西；在暗淡的燈影裡，零碎的小東西雖看不清楚，卻依然令人覺得這大概是一個女人的住房。

這屋子有兩個門，在左邊——就是有木牀的一邊——開着一個小門，外面掛着一幅强烈的有花的紅幔帳。裡面存着煤，一兩件舊傢具，四鳳為着自己換衣服用的。右邊有一個破舊的木門，通着魯家的外間，外面是魯貴住的地方，是今晚魯貴夫婦睡的處所。那外間屋的門就通着池塘邊泥濘的小道。這裡間與外間相通的木門，旁邊側立一副鋪板。

〔開幕時正是魯貴興致淋漓地剛剛倒完了半咒罵式的家庭訓話。屋內都是沉默而緊張的。沉悶中聽得出池塘邊唱着淫蕩的春曲，摻雜着乘涼人們的談話。各人在想各人的心思，低着頭不做聲。魯貴滿身是汗，因為喝酒喝得太多，說話也過於費了力氣，嘴裡流着涎水，臉紅得嚇人，他好像很得意自己在家裡面的位置同威風，拿着那把破芭蕉扇，揮着，舞着，指着。為汗水浸透了似的肥腦袋探向前面，眼睛迷騰騰地，在各個人的身上掃來掃去。

〔大海依舊擦他的手槍，兩個女人都不做聲，等着魯貴繼續嘶喊。這時青蛙同賣唱的叫聲傳了過來。

〔四鳳立在窗户前，偶爾深深地歎着氣。

魯　貴　（咳嗽起來）他媽的！（一口痰吐在地上，興奮地問着）你們想，你們哪一個對得起我？（向四鳳同大海）你們不要不願意聽，你們哪一個人不是我辛辛苦苦養到大，可是現在你們哪一件事做的對得起我？（先向左，對大海）你說？（忽向右，對四鳳）你說？（對着站在中間圓桌旁的魯媽，勝利地）你也說說，這都是你的好孩子啊！（啪，又一口痰）

〔靜默。聽外面胡琴同唱聲。

魯大海　（向四鳳）這是誰？快十點半還在唱？

魯四鳳　（隨意地）一個瞎子同他老婆，每天在這兒賣唱的。

（揮着扇，微微歎一口氣）

魯　貴　我是一輩子犯小人，不走運。剛在周家混了兩年，孩子都安置好了，就叫你（指魯媽）連累下去了。你回家一次就出一次事。剛才是怎麼回事？我叫完電燈匠回公館，鳳兒的事沒有了，連我的老根子也拔了。媽的，你不來，（指魯媽）我能倒這樣的霉？（又一口痰）

魯大海　（放下手槍）你要罵我就罵我。別指東說西，欺負媽好說話。

魯　貴　我罵你？你是少爺！我罵你？你連人家有錢的人都當着面罵了，我敢罵你？

魯大海　（不耐煩）你喝了不到兩盅酒，就叨叨叨，叨叨叨，這半點鐘你夠不夠？

魯　貴　夠？哼，我一肚子的寃屈，一肚子的火，我沒個夠！當初你爸爸也不是沒叫人伺候過，吃喝玩樂，我哪一樣沒講究過！自從娶了你的媽，我是家敗人亡，一天不如一天。一天不如一天……

魯四鳳　那不是你自己賭錢輸光的！

魯大海　你別理他。讓他說。

魯　貴　（只顧嘴頭說得暢快，如同自己是唯一的犧牲者一樣）我告訴你，我是家敗人亡，一天不如一天。我受人家的氣，受你們的氣。現在好，連想受人家的氣也不成了，我跟你們一塊兒餓着肚子等死。你們想想，你們是哪一件事對得起我？（忽而覺得自己的腿没處放，面向魯媽）侍萍，把那櫈子拿過來。我放放大腿。

魯大海　（看着魯媽，叫她不要管）媽！

〔然而魯媽還是拿了那唯一的圓櫈子過來，放在魯貴的腳下。他把腿放好。

魯　貴　（望着大海）可是這怪誰？你把人家罵了，人家一氣，當然就把我們辭了。誰叫我是你的爸爸呢？大海，你心裡想想，我這麼大年紀，要跟着你餓死；我要是餓死，你是哪一點對得起我？我問問你，我要是這樣死了？

魯大海　（忍不住，立起，大聲）你死就死了，你算老幾！

魯　貴　（嚇醒了一點）媽的，這孩子！

魯侍萍　大海！

魯四鳳　哥哥！

（同時驚恐地喊出）

魯　貴　（看見大海那副魁梧的身體，同手裡拿着的槍，心裡有點怕，笑着）你看看，這孩子這點小脾氣！——（又接着說）咳，說回來，這也不能就怪大海，周家的人從上到下就沒有一個好東西。我伺候他們兩年，他們那點出息我哪一樣不知道？反正有錢的人頂方便，做了壞事，外面比做了好事裝得還體面；文明詞越用得多，心裡頭越男盜女娼。王八蛋！別看今天我走的時候，老爺太太裝模做樣地跟我盡打官話，好東西，明兒見！他們家裡這點出息當我不知道？

魯四鳳　（怕他胡鬧）爸！你可，你可千萬別去周家！

魯　貴　（不覺驕傲起來）哼，明天，我把周家太太大少爺這點老底子給它一個宣佈，就連老頭這老王八蛋也得給我跪下磕頭。忘恩負義的東西！（得意地咳嗽起來）他媽的！（啪地又一口痰吐在地上，向四鳳）茶呢？

魯四鳳　爸，你眞是喝醉了麼？剛才不給你放在桌子上麼？

魯　貴　（端起杯子，對四鳳）這是白水，小姐！（潑在地上）

魯四鳳　（冷冷地）本來是白水，沒有茶。

魯　貴　（因為她打斷他的興頭，向四鳳）混帳。我吃完飯總要喝杯好茶，你還不知道麼？

魯大海　（故意地）哦，爸爸吃完飯還要喝茶的。（向四鳳）四鳳，你怎麼不把那一兩四塊八的龍井沏上，盡叫爸爸生氣。

魯四鳳　龍井？家裡連茶葉末也沒有。

魯大海　（向魯貴）聽見了沒有？你就將就將就喝杯開水吧，別這樣窮講究啦。（拿一杯白開水，放在他身旁桌上，走開）

魯　貴　這是我的家。你要看着不順眼，你可以滾開。

魯大海　（上前）你，你——

魯侍萍　（阻大海）別，別，好孩子。看在媽的份上，別同他鬧。

魯　貴　你自己覺得挺不錯，你到家不到兩天，就鬧這麼大的亂子，我沒有說你，你還要打我麼？你給我滾！

魯大海　（忍着）媽，他這樣子我實在看不下去。媽，我走了。

魯侍萍　胡說。就要下雨，你上哪兒去？

魯大海　我有點事。辦不好，也許到車廠拉車去。

魯侍萍　大海，你——

魯　貴　走，走，讓他走。這孩子就是這點窮骨頭。叫他滾，滾，滾！

魯大海　你小心點。你少惹我的火。

魯　貴　（賴皮）你媽在這兒。你敢把你的爹怎麼樣？你這雜種！

魯大海　什麼，你罵誰？

魯　貴　我罵你。你這——

魯侍萍　（向魯貴）你別不要臉，你少說話！

魯　貴　我不要臉？我沒有在家養私孩子，還帶着個（指大海）嫁人。

魯侍萍　（心痛極）哦，天！

魯大海　（抽出手槍）我——我打死你這老東西！（對魯貴）

〔魯貴叫，站起。急到裡間，僵立不動。

魯　貴　（喊）槍，槍，槍。

魯四鳳　（跑到大海的面前，抱着他的手）哥哥。

魯侍萍　大海，你放下。

魯大海　（對魯貴）你跟媽說，說自己錯了，以後永遠不再亂說話，亂罵人。

魯　貴　哦——

魯大海　（進一步）說呀！

魯　貴　（被脅）你，你——你先放下。

魯大海　（氣憤地）不，你先說。

魯　貴　好。（向魯媽）我說錯了，我以後永遠不亂說，不罵人了。

魯大海　（指那唯一的圓椅）還坐在那兒！

魯　貴　（頹唐地坐在椅上，低着頭咕嚕着）這小雜種！

魯大海　哼，你不值得我費這麼大的力氣。

魯侍萍　放下。大海，你把手槍放下。

魯大海　（放下手槍，笑）媽，媽您別怕，我是嚇唬嚇唬他。

魯侍萍　給我。你這手槍是哪兒弄來的？

魯大海　從礦上帶來的，警察打我們的時候掉的，我拾起來了。

魯侍萍　你現在帶在身上幹什麼？

魯大海　不幹什麼。

魯侍萍　不，你要說。

魯大海　（獰笑）沒有什麼，周家逼着我，沒有路走，這就是一條路。

魯侍萍　胡說，交給我。

魯大海　（不肯）媽！

魯侍萍　剛才吃飯的時候我跟你說過，周家的事算完了，我們姓魯的永遠不提他們了。

魯大海　（低聲，緩慢地）可是我在礦上流的血呢？周家大少爺剛才打在我臉上的巴掌呢？就完了麼？

魯侍萍　嗯，完了。這一本賬算不清楚，報復是完不了的。什麼都是天定，媽願意你多受點苦。

魯大海　那是媽自己，我——

魯侍萍　（高聲）大海，你是我最愛的孩子，你聽着，我從來不用這樣的口氣對你說過話。你要是傷害了周家的人，不管是那裡的老爺或者少爺，你只要傷害了他們，我是一輩子也不認你的。

魯大海　可是媽——（懇求）

魯侍萍　（肯定地）你知道媽的脾氣，你若要做了媽最怕你做的事情，媽就死在你的面前。

魯大海　（長歎一口氣）哦！媽，您——（仰頭望，又低下頭來）那我會恨——恨他們一輩子。

魯侍萍　（歎一口氣）天，那就不能怪我了。（向大海）把手槍給我。（大海不肯）交給我！（走近大海，把手槍拿了過來）

魯大海　（痛苦）媽，您——

魯四鳳　哥哥，你給媽！

魯大海　那麼您拿去吧。不過您擱的地方得告訴我。

魯侍萍　好，我放在這個箱子裡。（把手槍放在牀頭的木箱裡）可是（對大海）明天一早我就報告警察，把槍交給他。

魯　貴　對極了，這才是正理。

魯大海　你少說話！

魯侍萍　大海。不要這樣同父親說話。

魯大海　（看魯貴，又轉頭）好，媽，我走了。我要看車廠子裡有認識人沒有。

魯侍萍　好，你去。不過，你可得準回來。一家人不許這樣慪氣。

魯大海　嗯。就回來。

〔大海由左邊與外間通的房門下，聽見他關

外房的大門的聲音。魯貴立起來看着大海走出去，懷着怨氣又回來站在圓桌旁。

魯　貴　（自言自語）這個小王八蛋！（問魯媽）剛才我叫你買茶葉，你爲什麼不買？

魯侍萍　沒有閒錢。

魯　貴　可是，四鳳，我的錢呢？——剛才你們從公館領來的工錢呢？

魯四鳳　您說周公館多給的兩個月的工錢？

魯　貴　對了，一共連新加舊六十塊錢。

魯四鳳　（知道早晚也要告訴他）嗯，是的，還給人啦。

魯　貴　什麼，你還給人啦？

魯四鳳　剛才趙三又來堵門要你的賭賬，媽就把那個錢都還給他了。

魯　貴　（問魯媽）六十塊錢？都還了賬啦？

魯侍萍　嗯，把你這次的賭賬算是還淸了。

魯　貴　（急了）媽的，我的家就是叫你們這樣敗了的，現在是還賬的時候麼？

魯侍萍　（沉靜地）都還淸了好。這兒的家我預備不要了。

魯　貴　這兒的家你不要麼？

魯侍萍　我想，大後天就回濟南去。

魯　貴　你回濟南，我跟四鳳在這兒，這個家也得要啊。

魯侍萍　這次我帶着四鳳一塊兒走，不叫她一個人在這兒了。

魯　貴　（對四鳳笑）四鳳，你聽你媽要帶着你走。

魯侍萍　上次我走的時候，我不知道我的事情怎麼樣。外面人地生疏，在這兒四鳳有鄰居張大嬸照應她，我自然不帶她走。現在我那邊的事已經定了。四鳳在這兒又沒有事，我爲什麼不帶她走？

魯四鳳　（驚）您，您眞要帶我走？

魯侍萍　（沉痛地）嗯，媽以後說什麼也不離開你了。

魯　貴　不成，這我們得好好商量商量。

魯侍萍　這有什麼可商量的？你要願意去，大後天一塊兒走也可以。不過那兒是找不着你這一幫賭錢的朋友的。

魯　貴　我自然不到那兒去。可是你要帶四鳳到那兒幹什麼？

魯侍萍　女孩子當然隨着媽走，從前那是沒有法子。

魯　貴　（滔滔地）四鳳跟我有吃有穿，見的是場面人。你帶着她，活受罪，幹什麼？

魯侍萍　（對他沒有辦法）跟你也說不明白。你問問她願意跟我還是願意跟你？

魯　貴　自然是願意跟我。

魯侍萍　你問她！

魯　貴　（自信一定勝利）四鳳，你過來，你聽清楚了。你願意怎麼樣？隨你。跟你媽，還是跟我？（四鳳轉過身來，滿臉的眼淚）咦，這孩子，你哭什麼？

魯侍萍　哦，鳳兒，我的可憐的孩子。

魯　貴　說呀，這不是大姑娘上轎，說呀？

魯侍萍　（安慰地）哦，鳳兒，告訴我，剛才你答應得好好地，願意跟着媽走，現在又怎麼哪？告訴我，好孩子。老實地告訴媽，媽還是喜歡你。

魯　貴　你說你讓她走，她心裡不高興。我知道，她捨不得這個地方。（笑）

魯四鳳　（向魯貴）去！（向魯媽）別問我，媽，我心裡難過。媽，我的媽，我是跟您走的。媽呀！（抽咽，撲在魯媽的懷裡）

魯侍萍　哦，我的孩子，我的孩子今天受了委屈了。

魯　貴　你看看，這孩子一身小姐氣，她要跟你不是受罪麼？

魯侍萍　（向魯貴）你少說話，（對四鳳）媽命不好，媽對不起你，別難過！以後跟媽在一塊兒。沒有人會欺負你，哦，我的心肝孩子。

〔大海由左邊上。

魯大海　媽，張家大嬸回來了。我剛才在路上碰見的。

魯侍萍　你，你提到我們賣傢具的事麼？

魯大海　嗯，提了。她說，她能想法子。

魯侍萍　車廠上找着認識的人麼？

魯大海　有，我還要出去，找一個保人。

魯侍萍　那麼我們一同出去吧。四鳳，你等着我，我就回來！

魯大海　（對魯貴）再見，你酒醒了點麼？（向魯媽）今天晚上我恐怕不回家睡覺。

〔大海、魯媽同下。

魯　貴　（目送他們出去）哼，這東西！（見四鳳立在窗前，便向她）你媽走了，四鳳。你說吧，你預備怎麼樣呢？

魯四鳳　（不理他，歎一口氣，聽外面的青蛙聲同雷聲）

魯　貴　（蔑視）你看，你這點心思還不淺。

魯四鳳　（掩飾）什麼心思？天氣熱，悶得難受。

魯　貴　你不要騙我，你吃完飯眼神直瞪瞪的，你在想什麼？

魯四鳳　我不想什麼。

魯　貴　（故意傷感地）鳳兒，你是我的明白孩子。我就有你這一個親女兒，你跟你媽一走，那就剩我一個人在這兒哪。

魯四鳳　您別說了，我心裡亂得很。（外面打閃）您聽，遠遠又打雷。

魯　貴　孩子，別打岔，你眞預備跟媽回濟南麼？

魯四鳳　嗯。（吐一口氣）

魯　貴　（無聊地唱）“花開花謝年年有。人過了個青春不再來！”哎。（忽然地）四鳳，人活着就是兩三年好日子，好機會一錯過就完了。

魯四鳳　您，您去吧。我睏了。

魯　貴　（徐徐誘進）周家的事你不要怕。有了我，明天我們還是得回去。你眞走得開，（暗指地）你放得下這兒這樣好的地方麼？你放得下周家——

魯四鳳　（怕他）您不要亂說了。您睡去吧！外邊乘涼的人都散了。您爲什麼不睡去？

魯　貴　你不要胡思亂想。（說眞心話）這世界上沒有一個人靠得住，只有錢是眞的。唉，偏偏你同你母親不知道錢的好處。

魯四鳳　聽，我像是聽見有人來敲門。

〔外面敲門聲。

魯　貴　快十一點，這會有誰？

魯四鳳　爸爸，您讓我去看。

魯　貴　別，讓我出去。

〔魯貴開左門一半。

魯　貴　誰？

〔外面的聲音：這兒姓魯麼？

魯　貴　是啊，幹什麼？

〔外面的聲音：找人。

魯　貴　你是誰？

〔外面的聲音：我姓周。

魯　貴　（喜形於色）你看，來了不是？周家的人來了。

魯四鳳　（驚駭着，忙說）不，爸爸，您說我們都出去了。

魯　貴　咦，（乖巧地看她一眼）這叫什麼話？

〔魯貴下。

魯四鳳　（把屋子略微整理一下，不用的東西放在左邊帳後的小屋裡，立在右邊角上，等候着客進來）

〔這時，聽見周冲同魯貴説話的聲音，一時魯貴同周冲上。

周　冲　（見着四鳳高興地）四鳳！

魯四鳳　（奇怪地望着）二少爺！

魯　貴　（諂笑）您別見笑，我們這兒窮地方。

周　冲　（笑）這地方眞不好找。外邊有一片水，很好的。

魯　貴　二少爺。您先坐下。四鳳，（指圓椅）你把那張好椅子拿過來。

周　冲　（見四鳳不説話）四鳳，怎麼，你不舒服麼？

魯四鳳　沒有。——（規規矩矩地）二少爺，你到這裡來幹什麼？要是太太知道了，你——

周　冲　這是太太叫我來的。

魯　貴　（明白了一半）太太要您來的？

周　冲　嗯，我自己也想來看看你們。（問四鳳）你哥哥同母親呢？

魯　貴　他們出去了。

魯四鳳　你怎麼知道這個地方？

周　冲　（天真地）母親告訴我的。沒想到這地方還有一大片水，一下雨眞滑，黑天要是不小心，眞容易摔下去。

魯　貴　二少爺，您沒摔着麼？

周　冲　（希罕地）沒有。我坐着家裡的車，很有趣的。（四面望望這屋子的擺設，很高興地笑着，看四鳳）哦，你原來在這兒！

魯四鳳　我看你趕快回家吧。

魯　貴　什麼？

周　冲　（忽然）對了，我忘了我爲什麼來的了。媽跟我說，你們離開我們家，她很不放心；她怕你們一時找不着事情，叫我送給你母親一百塊錢。（拿出錢）

魯四鳳　什麼？

魯　貴　（以為周家的人怕得罪他，得意地笑着，對四鳳）你看人家多厚道，到底是人家有錢的人。

魯四鳳　不，二少爺，你替我謝謝太太，我們還好過日子。拿回去吧。

魯　貴　（向四鳳）你看你，哪有你這麼說話的？太太叫二少爺親自送來，這點意思我們好意思不領下麼？（收下鈔票）你回頭跟太太回一聲，我們都挺好的。請太太放心，謝謝太太。

魯四鳳　（固執地）爸爸，這不成。

魯　貴　你小孩子知道什麼？

魯四鳳　您要收下，媽跟哥哥一定不答應。

魯　貴　（不理她，向周冲）謝謝您老遠跑一趟。我先給您買點鮮貨吃，您同四鳳在屋子裡坐一坐，我失陪了。

魯四鳳　爸，您別走！不成。

魯　貴　別盡說話，你先給二少爺倒一碗茶。我就回來。

〔魯貴忙下。

周　冲　（不由衷地）讓他走了也好。

魯四鳳　（厭惡地）唉，眞是下作！——（不願意地）誰叫你送錢來了？

周　冲　你，你，你像是不願意見我似的。爲什麼呢？我以後不再亂說話了。

魯四鳳　（找話說）老爺吃過飯了麼？

周　冲　剛剛吃過。老爺在發脾氣，母親沒吃完就跑到樓上生氣。我勸了她半天，要不我還不會這樣晚來。

魯四鳳　（故意不在心地）大少爺呢？

周　冲　我沒有見着他，我知道他很難過，他又在自己房裡喝酒，大概是喝醉了。

魯四鳳　哦！（歎一口氣）——你爲什麼不叫底下人替你來？何必自己跑到這窮人住的地方來？

周　冲　（誠懇地）你現在怨了我們吧！——（羞愧地）今天的事，我眞覺得對不起你們，你千萬不要以爲哥哥是個壞人。他現在很後悔，你不知道他，他還很喜歡你。

魯四鳳　二少爺，我現在已經不是周家的用人了。

周　冲　然而我們永遠不可以算是頂好的朋友麼？

魯四鳳　我預備跟我媽回濟南去。

周　冲　不，你先不要走。早晚你同你父親還可以回去的。我們搬了新房子，我的父親也許回到礦上去，那時你就回來，那時候我該多麼高興！

魯四鳳　你的心眞好。

周　冲　四鳳，你不要爲這一點小事來憂愁。世界大的很，你應當讀書，你就知道世界上有過許多人跟我們一樣地忍受着痛苦，慢慢地苦幹，以後又得到快樂。

魯四鳳　唉，女人究竟是女人！（忽然）你聽，（蛙鳴）蛤蟆怎麼不睡覺，半夜三更的還叫呢？

周　冲　不，你不是個平常的女人，你有力量，你能吃苦，我們都還年輕，我們將來一定在這世界爲着人類謀幸福。我恨這不平等的社會，我恨只講強權的人，我討厭我的父親，我們都是被壓迫的人，我們是一樣。——

魯四鳳　二少爺，您渴了吧，我給您倒一杯茶。（站起倒茶）

周　冲　不，不要。

魯四鳳　不，讓我再伺候伺候您。

周　冲　你不要這樣說話，現在的世界是不該存在的。我從來沒有把你當做我的底下人，你是我的鳳姐姐，你是我引路的人，我們的眞世界不在這兒。

魯四鳳　哦，你眞會說話。

周　冲　有時我就忘了現在，（夢幻地）忘了家，忘了你，忘了母親，並且忘了我自己。我想，我像是在一個冬天的早晨，非常明亮的天空，……在無邊的海上……哦，有一條輕得像海燕似的小帆船，在海風吹得緊，海上的空氣聞得出有點腥，有點鹹的時候，白色的帆張得滿滿地，像一隻鷹的翅膀斜貼在海面上飛，飛，向着天邊飛。那時天邊上只淡淡地浮着兩三片白雲，我們坐在船頭，望着前面，前面就是我們的世界。

魯四鳳　我們？

周　冲　對了，我同你，我們可以飛，飛到一個眞眞乾淨、快樂的地方，那裡沒有爭執，沒有虛僞，沒有不平等的，沒有……（頭微仰，好像眼前就是那麼一個所在，忽然）你說好麼？

魯四鳳　你想得眞好。

周　冲　（親切地）你願意同我一塊兒去麼，就是帶着他也可以的。

魯四鳳　誰？

周　冲　你昨天告訴我的，你說你的心已經許給了他，那個人他一定也像你，他一定是個可愛的人。

〔大海進。

魯四鳳　哥哥。

魯大海　（冷冷地）這是怎麼回事？

周　冲　魯先生！

魯四鳳　周家二少爺來看我們來了。

魯大海　哦——我沒想到你們現在在這兒？父親呢？

魯四鳳　出去買東西去啦。

魯大海　（向周冲）奇怪得很！這麼晚！周少爺會到我們這個窮地方來——看我們。

周　冲　我正想見你呢。你，你願意——跟我拉拉手麼？（把右手伸出去）

魯大海　（乖戾地）我不懂得外國規矩。

周　冲　（把手又縮回來）那麼，讓我說，我覺得我心裡對你很抱歉的。

魯大海　什麼事？

周　冲　（紅臉）今天下午，你在我們家裡——

魯大海　（勃然）請你少提那樁事。

魯四鳳　哥哥，你不要這樣。人家是好心好意來安慰我們。

魯大海　少爺，我們用不着你的安慰，我們生成一副窮骨頭，用不着你半夜的時候到這兒來安慰我們。

周　冲　你大概是誤會了我的意思。

魯大海　（清楚地）我沒有誤會。我家裡沒有第三個人，我妹妹在這兒，你在這兒，這是什麼意思？

周　冲　我沒想到你這麼想。

魯大海　可是誰都這樣想。（回頭向四鳳）出去。

魯四鳳　哥哥！

魯大海　你先出去，我有幾句話要同二少爺說。（見四鳳不走）出去！

〔四鳳慢慢地由左門出去。

魯大海　二少爺，我們談過話，我知道你在你們家裡還算是明白點的；不過你記着，以後你要再到這兒來，來——安慰我們，（突然兇暴地）我就打斷你的腿。

周　冲　打斷我的腿？

魯大海　（肯定的神態）嗯！

周　冲　（笑）我想一個人無論怎樣總不會拒絕別人的同情吧。

魯大海　同情不是你同我的事，也要看看地位才成。

周　冲　大海，我覺得你有時候有些偏見太重，有錢的人並不是罪人，難道說就不能同你們接近麼？

魯大海　你太年輕，多說你也不明白。痛痛快快地告訴你吧，你就不應當到這兒來，這兒不是你來的地方。

周　冲　為什麼？——你今早還說過，你願意做我的朋友，我想四鳳也願意做我的朋友，那麼我就不可以來幫點忙麼？

魯大海　少爺，你不要以為這樣就是仁慈。我聽說，你想叫四鳳唸書？是麼？四鳳是我的妹妹，我知道她！她不過是一個沒有定性平平常常的女孩子，也是想穿絲襪子，想坐汽車的。

周　冲　那你看錯了她。

魯大海　我沒有看錯。你們有錢人的世界，她多看一眼，她就得多一番煩惱。你們的汽車，你們的跳舞，你們閒在的日子，這兩年已經把她的眼睛看迷了，她忘了她是從哪裡來的，她現在回到她自己的家裡看什麼都不順眼啦。

可是她是個窮人的孩子，她的將來是給一個工人當老婆，洗衣服，做飯，撿煤渣。哼，上學，唸書，嫁給一個闊人當太太，那是一個小姐的夢！這些在我們窮人連想都想不起的。

周　冲　你的話固然有點道理，可是——

魯大海　所以如果礦主的少爺眞替四鳳着想，那我就請少爺從今以後不要同她往來。

周　冲　我認爲你的偏見太多，你不能說我的父親是個礦主，你就要——

魯大海　現在我警告你，（瞪起眼睛來）……

周　冲　警告？

魯大海　如果什麼時候我再看見你跑到我家裡，再同我的妹妹在一塊，我一定——（笑，忽然態度和善些下去）好，我盼望沒有這事情發生，少爺，時候不早了，我們要睡覺了。

周　冲　你，你那樣說話，——是我想不到的，我沒想到我的父親的話還是對的。

魯大海　（陰沉地）哼，（爆發）你的父親是個老混蛋！

周　冲　什麼？

魯大海　你的哥哥是——

〔四鳳由左門跑進。

魯四鳳　你，你別說了！（指大海）我看你，你簡直變成個怪物！

魯大海　你，你簡直是個糊塗蟲！

魯四鳳　我不跟你說話了！（向周冲）你走吧，你走吧，不要同他說啦。

周　冲　（無奈地，看看大海）好，我走。（向四鳳）我覺得很對不起你，來到這兒，更叫你不快活。

魯四鳳　不要提了，二少爺，你走吧，這不是你呆的地方。

周　冲　好，我走！（向大海）再見，我原諒你，（溫和地）我還是願意做你的朋友。（伸出手來）你願意同我拉一拉手麼？

〔大海没有理他，把身子轉進去。

魯四鳳　哼！

〔周冲也不再説什麼，即將走下。

〔魯貴由左門上，捧着水果，酒瓶，同酒菜，臉更紅，步伐有點錯亂。

魯　貴　（見周冲要走）怎麼？

魯大海　讓開點，他要走了。

魯　貴　別，別，二少爺為什麼剛來就走？

魯四鳳　（憤憤）你問哥哥去！

魯　貴　（明白了一半，忽然笑向着周冲）別理他，您坐一會兒。

周　冲　不，我是要走了。

魯　貴　那二少爺吃點什麼再走，我老遠地給您買的鮮貨，吃點，喝兩盅再走。

周　冲　不，不早了，我要回家了。

魯大海　（向四鳳，指魯貴的食物）他從哪兒弄來的錢買這些東西？

魯　貴　（轉過頭向大海）我自己的，你爸爸賺的錢。

魯四鳳　不，爸爸，這是周家的錢！你又胡花了！（回頭向大海）剛才周太太送給媽一百塊錢。媽不在，爸爸不聽我的話收下了。

魯　貴　（狠狠地看四鳳一眼，解釋地，向大海說）人家二少爺親自送來的。我不收還像話麼？

魯大海　（走到周冲面前）什麼，你剛才是給我們送錢來的。

魯四鳳　（向大海）你現在才明白！

魯　貴　（向大海——臉上露了卑下的顏色）你看，人家周家都是好人。

魯大海　（掉過臉來向魯貴）把錢給我！

魯　貴　（疑懼地）幹什麼？

魯大海　你給不給？（聲色俱厲）不給，你可記得住放在箱子裡的是什麼東西麼？

魯　貴　（恐懼地）我給，我給！（把鈔票掏出來交給大海）錢在這兒，一百塊。

魯大海　（數一遍）什麼，少十塊。

魯　貴　（强笑着）我，我，我花了。

周　冲　（不願再看他們）再見吧，我走了。

魯大海　（拉住他）你別走，你以爲我們能上你這樣的當麼？

周　冲　這句話怎麼講？

魯大海　我有錢，我有錢，我口袋裡剛剛剩下十塊錢。（拿出零票同現洋，放在一塊）剛剛十塊。你拿走吧，我們不需要你們可憐我們。

魯　貴　這不像話！

周　冲　你這個人眞有點兒不懂人情。

魯大海　對了，我不懂人情，我不懂你們這種虛僞，這種假慈悲，我不懂……

魯四鳳　哥哥！

魯大海　拿走。我要你給我滾，給我滾蛋。

周　冲　（他的整個的幻想被打散了一半，失望地立了一會，忽然拿起錢）好，我走；我走，我錯了。

魯大海　我告訴你，以後你們周家無論哪一個再來，我就打死他，不管是誰！

周　冲　謝謝你。我想周家除了我不會再有人這麼糊塗的，再見吧！（向右門下）

魯　貴　大海。

魯大海　（大聲）叫他滾！

魯　貴　好好好，我給您點燈，外屋黑！

周　冲　謝謝你。

〔二人由右門下。

魯四鳳　二少爺！（跑下）

魯大海　四鳳，四鳳，你別去！（見四鳳已下）這個糊塗孩子！

〔魯媽由右門上。

魯大海　媽。您知道周家二少爺來了。

魯侍萍　嗯，我看見一輛洋車在門口，我不知道是誰來，我沒敢進來。

魯大海　您知道剛才我把他趕了麼？

魯侍萍　（沉重地點一點頭）知道，我剛才在門口聽了一會。

魯大海　周家的太太送了您一百塊錢。

魯侍萍　哼！（憤然）不用她給錢，我會帶着女兒走的。

魯大海　您走？帶着四鳳走？

魯侍萍　嗯，明天就走。

魯大海　明天？

魯侍萍　我改主意了，明天。

魯大海　好極啦！那我就不必說旁的話了。

魯侍萍　什麼？

魯大海　（暗晦地）沒有什麼，我回來的時候看見四鳳跟這位二少爺談天。

魯侍萍　（不自主地）談什麼？

魯大海　（暗示地）不知道，像是很親熱似的。

魯侍萍　（驚）哦？……（自語）這個糊塗孩子。

魯大海　媽，您見着張大嬸怎麼樣？

魯侍萍　賣傢具，已經商量好了。

魯大海　好，媽，我走了。

魯侍萍　你上哪兒去？

魯大海　（孤獨地）錢完了，我也許拉一晚上車。

魯侍萍　幹什麼？不，用不着，媽這兒有錢，你在家睡覺。

魯大海　不，您留着自己用吧，我走了。

〔大海由右門下。

魯侍萍　（喊）大海，大海！

〔四鳳上。

魯四鳳　媽，（不安地）您回來了。

魯侍萍　你忙着送周家的少爺，沒有顧到看見我。

魯四鳳　（解釋地）二少爺是他母親叫他來的。

魯侍萍　我聽見你哥哥說，你們談了半天的話吧？

魯四鳳　您說我跟周家二少爺？

魯侍萍　嗯，他談了些什麼？

魯四鳳　沒有什麼！——平平常常的話。

魯侍萍　鳳兒，眞的？

魯四鳳　您聽哥哥說了些什麼話？哥哥是一點人情也不懂。

魯侍萍　（嚴肅地）鳳兒，（看着她，拉着她的手）你看看我，我是你的媽。是不是？

魯四鳳　媽，您怎麼啦？

魯侍萍　鳳，媽是不是頂疼你？

魯四鳳　媽，您爲什麼說這些話？

魯侍萍　我問你，媽是不是天底下最可憐，沒有人疼的一個苦老婆子？

魯四鳳　不，媽，您別這樣說話，我疼您。

魯侍萍　鳳兒，那我求你一件事。

魯四鳳　媽，您說啦，您說什麼事！

魯侍萍　你得告訴我，周家的少爺究竟跟你——怎麼樣了？

魯四鳳　哥總是瞎說八道的——他跟您說了什麼？

魯侍萍　不是哥，他沒說什麼，媽要問你！

〔遠處隱雷。

魯四鳳　媽，您爲什麼問這個？我不跟您說過嗎？一點也沒什麼。媽，沒什麼！

〔遠處隱雷。

魯侍萍　你聽，外面打着雷。媽媽是個可憐人，我的女兒在這些事上不能再騙我！

魯四鳳　（頓）媽，我不騙您！我不是跟您說過，這兩年——

〔魯貴的聲音：（在外屋）侍萍，快來睡覺吧，不早了。

魯侍萍　別管我，你先睡你的。

〔魯貴：你來！

魯侍萍　你別管我！——（對四鳳）你說什麼？

魯四鳳　我不是跟你說過，這兩年，我天天晚上——回家的？

魯侍萍　孩子，你可要說實話，媽經不起再大的事啦。

魯四鳳　媽，（抽咽）媽，您爲什麼不信您自己的女兒呢？（撲在魯媽懷裡大哭，魯媽抱着她）

魯侍萍　（落眼淚）鳳兒，可憐的孩子，不是我不相信你，我太愛你，我生怕外人欺負了你，（沉痛地）我太不敢相信世界上的人了。傻孩子，你不懂媽的心，媽的苦多少年是說不出來的，你媽就是在年輕的時候沒有人來提醒，——可憐，媽就是一步走錯，就步步走錯了。孩子，我就生了你這麼一個女兒，我的女兒不能再像她媽似的。人的心都靠不住，我並不是說人壞，我就是恨人性太弱，太容易變了。孩子，你是我的，你是我唯一的寶貝，你永遠疼我！你要是再騙我，那就是殺了我了，我的苦命的孩子！

魯四鳳　不，媽，不，我以後永遠是媽的了。

魯侍萍　（忽然）鳳兒，我在這兒一天耽心一天，我們明天一定走，離開這兒。

魯四鳳　（立起）什麼，明天就走？

魯侍萍　（果斷地）嗯。我改主意了，我們明天就走。

永遠不回這兒來了。

魯四鳳　我們永遠不回到這兒來了。媽，不，爲什麼這麼早就走？

魯侍萍　孩子，你要幹什麼？

魯四鳳　（躊躇地）我，我——

魯侍萍　不願意早一點兒跟媽走？

魯四鳳　（歎一口氣，苦笑）也好，我們明天走吧。

魯侍萍　（忽然疑心地）孩子，你還有什麼事瞞着我。

魯四鳳　（擦着眼淚）媽，沒有什麼。

魯侍萍　（慈祥地）好孩子，你記住媽剛才說的話麼？

魯四鳳　記得住！

魯侍萍　鳳兒，我要你永遠不見周家的人！

魯四鳳　好，媽！

魯侍萍　（沉重地）不，要起誓。

〔四鳳畏怯地望着魯媽的嚴厲的臉。

魯四鳳　哦，這何必呢？

魯侍萍　（依然嚴肅地）不，你要說。

魯四鳳　（跪下）媽，（撲在魯媽身上）不，媽，我——我說不了。

魯侍萍　（眼淚流下來）你願意讓媽傷心麼？你忘記媽三年前爲着你的病幾乎死了麼？現在你——（回頭泣）

魯四鳳　媽，我說，我說。

魯侍萍　（立起）你就這樣跪下說。

魯四鳳　媽，我答應您，以後我永遠不見周家的人。

〔雷聲轟地滾過去。

魯侍萍　孩子，天上在打着雷，你要是以後忘了媽的話，見了周家的人呢？

魯四鳳　（畏怯地）媽，我不會的，我不會的。

魯侍萍　孩子，你要說，你要說。假若你忘了媽的話，——

〔外面的雷聲。

魯四鳳　（不顧一切地）那——那天上的雷劈了我。（撲在魯媽懷裡）哦，我的媽呀！（哭出聲）

〔雷聲轟地滾過去。

魯侍萍　（抱着女兒，大哭）可憐的孩子，媽不好，媽造的孽，媽對不起你，是媽對不起你。（泣）

〔魯貴由右門上。脱去短衫，他只有一件線坎肩，滿身肥肉，臉上冒着油，唱着春調，眼迷迷地望着魯媽同四鳳。

魯　貴　（向魯媽）這麼晚還不睡？你說點子什麼？

魯侍萍　你別管，你一個人去睡吧。我今天晚上就跟四鳳一塊兒睡了。

魯　貴　什麼？

魯四鳳　不，媽，您去吧。讓我一個人在這兒。

魯　貴　侍萍，鳳兒這孩子難過一天了，你攪她幹什麼？

魯侍萍　孩子，你眞不要媽陪着你麼?

魯四鳳　媽，您讓我一個人在屋子裡歇着吧。

魯　貴　來吧，幹什麼? 你叫這孩子好好地歇一會兒吧：她總是一個人睡的。我先走了。

〔魯貴下。

魯侍萍　也好，鳳兒，你好好地睡，過一會兒我再來看你。

魯四鳳　嗯，媽!

〔魯媽下。

〔四鳳把右邊門關上，隔壁魯貴又唱"花開花謝年年有，人過了個青春不再來"的春調。她到圓桌前面，把洋燈的火捻小了，這時聽見外面的蛙聲同狗叫。她坐在牀邊，換了一雙拖鞋，立起解開幾個扣子，走兩步，卻又回來坐在牀邊，深深地歎一口氣倒在牀上。外屋魯貴還低聲在唱，母親像是低聲在勸他不要鬧。屋外敲着一聲一聲的梆子。四鳳又由牀上坐起，拿起蒲扇用力地揮着。悶極了，她把窗户打開，立在窗前，散開自己的頭髮，深深吸一口長氣，輕輕只把窗户關上一半。她還是煩，她想起許多許多的事。她拿手絹擦一擦臉上的汗，走到圓桌旁，又聽見魯貴説話同唱的聲音。她苦悶地叫了一聲"天!"忽然拿起酒瓶，放在口裡喝一口。

她摸摸自己的胸，覺得心裡在發燒，便在桌旁坐下。

〔魯貴由左門上，赤足，拖着鞋。

魯　貴　你怎麼還不睡？

魯四鳳　（望望他）嗯。

魯　貴　（看她還拿着酒瓶）誰叫你喝酒啦？（拿起酒瓶同酒菜，笑着）快睡吧。

魯四鳳　（失神地）嗯。

魯　貴　（走到門口）不早了，你媽都睡着了。

〔魯貴下。

〔四鳳到右門口，把門關上，立在右門旁一會，聽見魯貴同魯媽説話的聲音，走到圓桌旁，長歎一聲，低而重地捶着桌子，撲在桌上抽咽。"天哪！"外面有口哨聲，遠遠地。四鳳突然立起，畏懼地屏住氣息諦聽，忽然把桌上的燈轉明，跑到窗前，開窗探頭向外望，過後她立刻關上，背倚着窗户，懼怕，胸間起伏不定粗重地呼吸。但是口哨的聲音更清楚，她把一張紅紙罩了燈，放在窗前，她的臉發白，在喘。口哨愈近，遠遠一陣雷，她怕了，她又把燈拿回去。她把燈轉暗，倚在桌上諦聽着。窗外面有腳步的聲音，一兩聲咳嗽。四鳳輕輕走到窗前，臉向着觀衆，倚在窗上。

〔外面的聲音：（敲着窗户）

魯四鳳　（顫聲）哦！

〔外面的聲音：（敲着窗户，低聲）喂！開！開！

魯四鳳　誰？

〔外面的聲音：（含糊地）你猜！

魯四鳳　（顫聲）你，你來幹什麼？

〔外面的聲音：（暗晦地）你猜猜！

魯四鳳　我現在不能見你。（臉色灰白，聲音打着顫）

〔外面的聲音：（含糊的笑聲）這是你心裡的話麼？

魯四鳳　（急切地）我媽在家裡。

〔外面的聲音：（帶着誘意）不用騙我！她睡着了。

魯四鳳　（關心地）你小心，我哥哥恨透了你。

〔外面的聲音：（漠然）他不在家，我知道。

魯四鳳　（轉身，背向觀衆）你走！

〔外面的聲音：我不！（外面向裡用力推窗門，四鳳用力擋住）

魯四鳳　（焦急地）不，不，你不要進來。

〔外面的聲音：（低聲）四鳳，我求你，你開開！

魯四鳳　不，不！已經到了半夜，我的衣服都脫了。

〔外面的聲音：（急迫地）什麼，你衣服脫

了?

魯四鳳　(點頭) 嗯,我已經在牀上睡着了!

〔外面的聲音:(顫聲) 那……那……我就……我(歎一口長氣)——

魯四鳳　(懇求地) 那你不要進來吧,好不好?

〔外面的聲音:(轉了口氣) 好,也好,我就走,(又急切地) 可是你先打開窗門,叫我……

魯四鳳　不,不,你趕快走!

〔外面的聲音:(急切地懇求) 不,四鳳,你只叫我……啊……只叫我親一回吧。

魯四鳳　(苦痛地) 啊,大少爺,這不是你的公館,你饒了我吧。

〔外面的聲音:(怨恨地) 那麼你忘了我了,你不再想……

魯四鳳　(决心地) 對了。(轉過身,面向觀衆,苦痛地) 我忘了你了。你走吧。

〔外面的聲音:(忽然地) 是不是剛才我的弟弟來了?

魯四鳳　嗯,(躊躇地) ……他……他……他來了!

〔外面的聲音:(尖酸地) 哦!(長長歎一口氣) 那就怪不得你,你現在這樣了。

魯四鳳　(没有辦法) 你明明知道我是不喜歡他的。

〔外面的聲音:(狠毒地) 哼,没有心肝,只

要你變了心，小心我……（冷笑）

魯四鳳　誰變了心？

〔外面的聲音：（惡躁地）那你為什麼不打開門，讓我進來？你不知道我是真愛你麼？我沒有你不成麼？

魯四鳳　（哀訴地）哦，大少爺，你別再纏我好不好？今天一天你替我們鬧出許多事，你還不夠麼？

〔外面的聲音：（真摯地）那我知道錯了，不過，現在我要見你，對了，我要見你。

魯四鳳　（歎一口氣）好，那明天說吧！明天我依你，什麼都成！

〔外面的聲音：（懇切地）明天？

魯四鳳　（苦笑，眼淚落了下來，擦眼淚）明天！對了，明天。

〔外面的聲音：（猶疑地）明天，真的？

魯四鳳　嗯，眞的，我沒有騙過你。

〔外面的聲音：好吧，就這樣吧，明天，你不要寃我。

〔足步聲。

魯四鳳　你走了？

〔外面的聲音：嗯，走了。

〔足步聲漸遠。

魯四鳳　（心裡一塊石頭落下來，自語）他走了！哦，

（摸自己的胸）這樣悶，這樣熱。（把窗户打開，立窗前，風吹進來，她摸自己火熱的面孔，深深歎一口氣）唉！

〔周萍忽然立在窗口。

魯四鳳　哦，媽呀！（忙關窗門，周萍已推開一點，二人掙扎）

周　萍　（手推着窗門）這次你趕不走我了。

魯四鳳　（用力關）你……你……你走！（二人一推一拒相持中）

〔周萍到底越過窗進來，他滿身泥濘，右半臉沾着鮮紅的血。

周　萍　你看我還是進來了。

魯四鳳　（退後）你又喝醉了！

周　萍　不，（乞憐地）四鳳，你爲什麼躲我？你今天變了，我明天一早就走，你騙我，你要我明天見你。我能見你就是這一點時候，你爲什麼害怕不敢見我？（右半血臉轉過來）

魯四鳳　（怕）你的臉怎麼啦？（指周萍的血臉）

周　萍　（摸臉，一手的血）爲着找你，我路上摔的。（挨近四鳳）

魯四鳳　不，不，你走吧，我求你，你走吧。

周　萍　（奇怪地笑着）不，我得好好地看看你。（拉住她的手）

〔雷聲大作。

魯四鳳　（躲開）不，你聽，雷，雷，你給我關上窗戶。

〔周萍關上窗户。

周　萍　（挨近）你怕什麼？

魯四鳳　（顫聲）我怕你，（退後）你的樣子難看，你的臉滿是血。……我不認識你……你是……

周　萍　（怪樣地笑）你以爲我是誰？傻孩子？（拉她的手）

〔外面有女人歎氣的聲音，敲窗户。

魯四鳳　（推開他）你聽，這是什麼？像是有人在敲窗戶。

周　萍　（聽）胡說，沒有什麼！

魯四鳳　有，有，你聽，像有個女人在歎氣。

周　萍　（聽）沒有，沒有，（忽然笑）你大概見了鬼。

〔雷聲大作，一聲霹靂。

魯四鳳　（低聲）哦，媽。（跑到周萍懷裡）我怕！（躲在角落裡）

〔雷聲轟轟，大雨下，舞台漸暗。一陣風吹開窗户，外面黑黝黝的。忽然一片藍森森的閃電，照見了蘩漪的慘白發死青的臉露在窗台上面。她像個死屍，任着一條一條的雨水向散亂的頭髮上淋她。痙攣地不出聲地苦笑，淚水流到眼角下，望着裡面只顧擁抱的人們。閃電止了，窗外又是黑漆漆的。再閃時，見她伸進手，拉着窗扇，慢慢地由外面關上。雷更隆隆地響着，屋子整個黑下來。黑暗裡，只聽見四鳳低聲説話。

魯四鳳　（低聲）你抱緊我，我怕極了。

〔舞台黑暗一時，只露着圓桌上的洋燈，和窗外藍森森的閃電。聽見屋外大海叫門的聲音，大海進門的聲音。舞台漸明，周萍坐在圓椅上，四鳳在旁立，牀上微亂。

周　萍　（諦聽）這是誰？

魯四鳳　你別作聲！

〔魯媽的聲音：怎麼回來了，大海？

〔大海的聲音：雨下得太大，車廠的房子塌了。

魯四鳳　（低聲而急促地）哥哥來了，你走，你趕快走。

〔周萍忙至窗前，推窗。

周　萍　（推不動）奇怪！

魯四鳳　怎麼？

周　萍　（急迫地）窗戶外面有人關上了。

魯四鳳　（怕）眞的，那會是誰？

周　萍　（再推）不成，開不動。

魯四鳳　你別作聲音，他們就在門口。

〔大海的聲音：鋪板呢？

〔魯媽的聲音：在四鳳屋裡。

魯四鳳　哦，萍，他們要進來。你藏，你藏起來。

〔四鳳正引周萍入左門，大海持燈推門進。

魯大海　（慢，噓聲）什麼？（見四鳳同周萍，二人俱僵立不動，靜默，啞聲）媽，您快進來，我見了鬼！

〔魯媽急進。

魯侍萍　（喑啞）天！

魯四鳳　（見魯媽進，即由右門跑出，苦痛地）啊！

〔魯媽扶着門閂。幾乎暈倒。

魯大海　哦，原來是你！（拾起桌上鐵刀，奔向周萍，魯媽用力拉着他的衣襟）

魯侍萍　大海，你別動，你動，媽就死在你的面前。

魯大海　您放下我，您放下我！（急得跺腳）

魯侍萍　（見周萍驚立不動，頓足）糊塗東西，你還不跑？

〔周萍由右門跑下。

魯大海　（喊）抓住他！爸，抓住他！（大海被母親拖着，他想追，把她在地上拖了幾步）

魯侍萍　（見周萍已跑遠，坐在地上發獃）哦，天！

魯大海　（跺足）媽！媽！你好糊塗！

〔魯貴上。

魯　貴　他走了？咦，可是四鳳呢？

魯大海　不要臉的東西，她跑了。

魯侍萍　哦，我的孩子，我的孩子，外面的河漲了水，我的孩子。你千萬別糊塗！四鳳！（跑）

魯大海　（拉着她）你上哪兒？

魯侍萍　這麼大的雨她跑出去，我要找她。

魯大海　好，我也去。

魯侍萍　我等不了！（跑下，喊“四鳳！”聲音愈走愈遠）

〔魯貴忽然也戴上帽子跑出，大海一人立在圓桌前不動，他走到箱子那裡，把手槍取出來，看一看。揣在懷裡，快步走下。外面是暴風雨的聲音，同魯媽喊四鳳的聲音。

——**幕急落**

第四幕

景——周宅客廳內。半夜兩點鐘的光景。

〔開幕時，周樸園一人坐在沙發上，讀文件；旁邊燃着一個立燈，四周是黑暗的。

〔外面還隱隱滾着雷聲，雨聲淅瀝可聞，窗前帷幕垂下來了，中間的門緊緊地掩了，由門上玻璃望出去，花園的景物都掩埋在黑暗裡，除了偶爾天空閃過一片耀目的電光，藍森森的看見樹同電線桿，一瞬又是黑漆漆的。

周樸園 （放下文件，呵欠，疲倦地伸一伸腰）來人啦！（取眼鏡，擦目，聲略高）來人！（擦着眼鏡，走到左邊飯廳門口，又恢復平常的聲調）這兒有人麼？（外面閃電，停，走到右邊櫃前，按鈴。無意中又望見侍萍的相片，拿起，戴上眼鏡看）

〔僕人上。

僕　人 老爺！

周樸園　我叫了你半天。

僕　人　外面下雨，聽不見。

周樸園　（指鐘）鐘怎麼停了？

僕　人　（解釋地）每次總是四鳳上的，今天她走了，這件事就忘了。

周樸園　什麼時候了？

僕　人　嗯，——大概有兩點鐘了。

周樸園　剛才我叫賬房匯一筆錢到濟南去，他們弄清楚了沒有？

僕　人　您說寄給濟南一個，一個姓魯的，是麼？

周樸園　嗯。

僕　人　預備好了。

〔外面閃電，樸園回頭望花園。

周樸園　籐蘿架那邊的電線，太太叫人來修理了麼？

僕　人　叫了，電燈匠說下着大雨不好修理，明天再來。

周樸園　那不危險麼？

僕　人　可不是麼？剛才大少爺的狗走過那兒，碰着那根電線，就給電死了。現在那兒已經用繩子圈起來，沒有人走那兒。

周樸園　哦。——什麼，現在幾點了？

僕　人　兩點多了。老爺要睡覺麼？

周樸園　你請太太下來。

僕　人　太太睡覺了。

周樸園　（無意地）二少爺呢？

僕　人　早睡了。

周樸園　那麼，你看看大少爺。

僕　人　大少爺吃完飯出去，還沒有回來。

〔沉默半晌。

周樸園　（走回沙發前坐下，寂寞地）怎麼這屋子一個人也沒有？

僕　人　是，老爺，一個人也沒有。

周樸園　今天早上沒有一個客來。

僕　人　是，老爺。外面下着很大的雨，有家的都在家裡呆着。

周樸園　（呵欠，感到更深的空洞）家裡的人也只有我一個人還在醒着。

僕　人　是，差不多都睡了。

周樸園　好，你去吧。

僕　人　您不要什麼東西麼？

周樸園　我不要什麼。

〔僕人由中門下。樸園站起來，在廳中來回沉悶地踱着，又停在右邊櫃前，拿起侍萍的相片。開了中間的燈。

〔周冲由飯廳上。

周　冲　（沒想到父親在這兒）爸！

周樸園　（露喜色）你——你沒有睡？

周　冲　嗯。

周樸園　找我麼？

周　冲　不，我以爲母親在這兒。

周樸園　（失望）哦——你母親在樓上。

周　冲　沒有吧，我在她的門上敲了半天，她的門鎖着。——是的，那也許。——爸，我走了。

周樸園　冲兒，（周冲立）不要走。

周　冲　爸，您有事？

周樸園　沒有。（慈愛地）你現在怎麼還不睡？

周　冲　（服從地）是，爸，我睡晚了，我就睡。

周樸園　你今天吃完飯把克大夫給的藥吃了麼？

周　冲　吃了。

周樸園　打了球沒有？

周　冲　嗯。

周樸園　快活麼？

周　冲　嗯。

周樸園　（立起，拉起他的手）爲什麼，你怕我麼？

周　冲　是，爸爸。

周樸園　（乾澀地）你像是有點不滿意我，是麼？

周　冲　（窘迫）我，我說不出來，爸。

〔半晌。

〔樸園走回沙發，坐下歎一口氣。招周冲來，周冲走近。

周樸園　（寂寞地）今天——呃，爸爸有一點覺得自己老了。（停）你知道麼？

周　冲　（冷淡地）不，不知道，爸。

周樸園　（忽然）你怕你爸爸有一天死了，沒有人照拂你，你不怕麼？

周　冲　（無表情地）嗯，怕。

周樸園　（想自己的兒子親近他，可親地）你今天早上說要拿你的學費幫一個人，你說說看，我也許答應你。

周　冲　（悔怨地）那是我糊塗，以後我不會這樣說話了。

〔半晌。

周樸園　（懇求地）後天我們就搬新房子，你不喜歡麼？

周　冲　嗯。

〔半晌。

周樸園　（責備地望着周冲）你對我說話很少。

周　冲　（無神地）嗯，我——我說不出，您平時總像不願意見我們似的。（囁嚅地）您今天有點奇怪，我——我——

周樸園　（不願他向下說）嗯，你去吧！

周　冲　是，爸爸。

〔周冲由飯廳下。

〔樸園失望地看着他兒子下去，立起，拿起侍萍的照片，寂寞地獃望着四周。關上立燈，面向書房。

〔蘩漪由中門上。不做聲地走進來，雨衣上的水還在往下滴，髮鬢有些濕。顏色是很慘白，整個面部像石膏的塑像。高而白的鼻樑，薄而紅的嘴脣死死地刻在臉上，如刻在一個嚴峻的假面上，整個臉龐是無表情的，只有她的眼睛燒着心内的瘋狂的火，然而也是冷酷的，愛和恨燒盡了女人一切的儀態，她像是厭棄了一切，只有計算着如何報復的心念在心中起伏。

〔她看見樸園，他驚愕地望着她。

周蘩漪　（毫不奇怪地）還沒有睡？（立在中門前，不動）

周樸園　你？（走近她，粗而低的聲音）你上哪兒去了？（望着她，停）冲兒找你一晚上。

周蘩漪　（平常地）我出去走走。

周樸園　這樣大的雨，你出去走？

周蘩漪　嗯，——（忽然報復地）我有神經病。

周樸園　我問你，你剛才在哪兒？

周蘩漪　（厭惡地）你不用管。

周樸園　（打量她）你的衣服都濕了，還不脫了它？

周蘩漪　（冷冷地，有意義地）我心裡發熱，我要在外面冰一冰。

周樸園　（不耐煩地）不要胡言亂語的，你剛才究竟上哪兒去了？

周蘩漪　（無神地望着他，清楚地）在你的家裡！

周樸園　（煩惡地）在我的家裡？

周蘩漪　（覺得報復的快感，微笑）嗯，在花園裡賞雨。

周樸園　一夜晚？

周蘩漪　（快意地）嗯，淋了一夜晚。

〔半晌，樸園驚疑地望着她，蘩漪像一座石像地仍站在門前。

周樸園　蘩漪，我看你上樓去歇一歇吧。

周蘩漪　（冷冷地）不，不，（忽然）你拿的什麼？（輕蔑地）哼，又是那個女人的相片！（伸手拿）

周樸園　你可以不看，萍兒母親的。

周蘩漪　（搶過去了，前走了兩步，就向燈下看）萍兒的母親很好看。

〔樸園没有理她，在沙發上坐下。

周蘩漪　我問你，是不是？

周樸園　嗯。

周蘩漪　樣子很溫存的。

周樸園　（眼睛望着前面）

周蘩漪　她很聰明。

周樸園　（冥想）嗯。

周蘩漪　（高興地）眞年輕。

周樸園　（不自覺地）不，老了。

周蘩漪　（想起）她不是早死了麼？

周樸園　嗯，對了，她早死了。

周蘩漪　（放下相片）奇怪，我像是在哪兒見過似的。

周樸園　（抬起頭，疑惑地）不，不會吧。——你在哪兒見過她嗎？

周蘩漪　（忽然）她的名字很雅致，侍萍，侍萍，就是有點丫頭氣。

周樸園　好，我看你睡去吧。（立起，把相片拿起來）

周蘩漪　拿這個做什麼？

周樸園　後天搬家，我怕掉了。

周蘩漪　不，不，（從他手中取過來）放在這兒一晚上，（怪樣地笑）不會掉的，我替你守着她。（放在桌上）

周樸園　不要裝瘋！你現在有點胡鬧！

周蘩漪　我是瘋了。請你不用管我。

周樸園　（慍怒）好，你上樓去吧，我要一個人在這兒歇一歇。

周蘩漪　不，我要一個人在這兒歇一歇，我要你給我出去。

周樸園　（嚴肅地）蘩漪，你走，我叫你上樓去！

周蘩漪　（輕蔑地）不，我不願意。我告訴你，（暴躁地）我不願意。

〔半晌。

周樸園　（低聲）你要注意這兒（指頭），記着克大夫的話，他要你靜靜地，少說話。明天克大夫還來，我已經替你請好了。

周蘩漪　謝謝你！（望着前面）明天？哼！

〔周萍低頭由飯廳走出，神色憂鬱，走向書房。

周樸園　萍兒。

周　萍　（抬頭，驚訝）爸！您還沒有睡。

周樸園　（責備地）怎麼，現在才回來？

周　萍　不，爸，我早回來，我出去買東西去了。

周樸園　你現在做什麼？

周　萍　我到書房，看看爸寫的介紹信在那兒沒有。

周樸園　你不是明天早車走麼？

周　萍　我忽然想起今天夜晚兩點半有一趟車，我預備現在就走。

周蘩漪　（忽然）現在？

周　萍　嗯。

周蘩漪　（有意義地）心裡就這樣急麼？

周　萍　是，母親。

周樸園　（慈愛地）外面下着大雨，半夜走不大方便吧？

周　萍　這時走，明天日初到，找人方便些。

周樸園　信就在書房書桌上，你要現在走也好。

〔周萍點頭，走向書房。

周樸園　你不用去！（向蘩漪）你到書房把信替他拿

來。

周蘩漪　（看樸園，不信任地）嗯！

〔蘩漪進書房。

周樸園　（望蘩漪出，謹慎地）她不願上樓，回頭你先陪她到樓上去，叫底下人好好地伺候她睡覺。

周　萍　（無法地）是，爸爸。

周樸園　（更小心）你過來！（周萍走近，低聲）告訴底下人，叫他們小心點，（煩惡地）我看她的病更重，剛才她忽然一個人出去了。

周　萍　出去了？

周樸園　嗯。（嚴重地）在外面淋了一夜晚的雨，說話也非常奇怪，我怕這不是好現象。——（覺得惡兆來了似的）我老了，我願意家裡平平安安地……

周　萍　（不安地）我想爸爸只要把事不看得太嚴重了，事情就會過去的。

周樸園　（畏縮地）不，不，有些事簡直是想不到的。天意很——有點古怪，今天一天叫我忽然悟到爲人太——太冒險，太——太荒唐，（疲倦地）我累得很。（如釋重負）今天大概是過去了。（自慰地）我想以後——不該，再有什麼風波。（不寒而慄地）不，不該！

〔蘩漪持信上。

周蘩漪　（嫌惡地）信在這兒！

周樸園　（如夢初醒，向周萍）好，你走吧，我也想睡了。（振起喜色）嗯！後天我們一定搬新房子，（向蘩漪）你好好地休息兩天。

周蘩漪　（盼望他走）嗯，好。

〔樸園由書房下。

周蘩漪　（見樸園走出，陰沉地）這麼說你是一定要走了。

周　萍　（聲略帶憤）嗯。

周蘩漪　（忽然急躁地）剛才你父親對你說什麼？

周　萍　（閃避地）他說要我陪你上樓去，請你睡覺。

周蘩漪　（冷笑）他應當叫幾個人把我拉上去，關起來。

周　萍　（故意裝做不明白）你這是什麼意思？

周蘩漪　（迸發）你不用瞞我。我知道，我知道，（辛酸地）他說我是神經病，瘋子，我知道他，要你這樣看我，他要什麼人都這樣看我。

周　萍　（心悸）不，你不要這樣想。

周蘩漪　（奇怪的神色）你？你也騙我？（低聲，陰鬱地）我從你們的眼神看出來，你們父子都願我快成瘋子！（刻毒地）你們——父親同兒子——偷偷在我背後說冷話，說我，笑我，在我背後計算着我。

周　萍　（鎮靜自己）你不要神經過敏，我送你上樓去。

周蘩漪　（突然地，高聲）我不要你送，走開！（抑制着，恨惡地，低聲）我還用不着你父親偷偷地，背着我，叫你小心，送一個瘋子上樓。

周　萍　（抑制着自己的煩嫌）那麼，你把信給我，讓我自己走吧。

周蘩漪　（不明白地）你上哪兒？

周　萍　（不得已地）我要走，我要收拾收拾我的東西。

周蘩漪　（忽然冷靜地）我問你，你今天晚上上哪兒去了？

周　萍　（敵對地）你不用問，你自己知道。

周蘩漪　（低聲，恐嚇地）到底你還是到她那兒去了。

〔半晌，蘩漪望周萍，周萍低頭。

周　萍　（斷然，陰沉地）嗯，我去了，我去了，（挑戰地）你要怎麼樣？

周蘩漪　（軟下來）不怎麼樣。（强笑）今天下午的話我說錯了，你不要怪我。我只問你走了以後，你預備把她怎麼樣？

周　萍　以後？——（貿然地）我娶她！

周蘩漪　（突如其來地）娶她？

周　萍　（決定地）嗯。

周蘩漪　（刺心地）父親呢？

周　萍　（淡然）以後再說。

周蘩漪　（神秘地）萍，我現在給你一個機會。

周　萍　（不明白）什麼？

周蘩漪　（勸誘地）如果今天你不走，你父親那兒我可以替你想法子。

周　萍　不必，這件事我認爲光明正大，我可以跟任何人談。——她——她不過就是窮點。

周蘩漪　（憤然）你現在說話很像你的弟弟。——（憂鬱地）萍！

周　萍　幹什麼？

周蘩漪　（陰鬱地）你知道你走了以後，我會怎麼樣？

周　萍　不知道。

周蘩漪　（恐懼地）你看看你的父親，你難道想像不出？

周　萍　我不明白你的話。

周蘩漪　（指自己的頭）就在這兒；你不知道麼？

周　萍　（似懂非懂地）怎麼講？

周蘩漪　（好像在敘述別人的事情）第一，那位專家，克大夫免不了會天天來的，要我吃藥，逼我吃藥。吃藥，吃藥，吃藥！漸漸伺候着我的人一定多，守着我，像看個怪物似地守着我。他們——

周　萍　（煩）我勸你，不要這樣胡想，好不好？

周蘩漪　（不顧地）他們漸漸學會了你父親的話，“小心，小心點，她有點瘋病！”到處都偷偷地在我背後低着聲音說話，嘰咕着。慢慢地無論誰都要小心點，不敢見我，最後鐵鏈子鎖着我，那我眞就成了瘋子了。

周　萍　（無辦法）唉！（看錶）不早了，給我信吧，我還要收拾東西呢。

周蘩漪　（懇求地）萍，這不是不可能的。（乞憐地）萍，你想一想，你就一點——就一點無動於衷麼？

周　萍　你——（故意惡狠地）你自己要走這一條路，我有什麼辦法？

周蘩漪　（憤怒地）什麼，你忘記你自己的母親也是被你父親氣死的麼？

周　萍　（一了百了，更狠毒地激惹她）我母親不像你，她懂得愛！她愛她自己的兒子，她沒有對不起我父親。

周蘩漪　（爆發，眼睛射出瘋狂的火）你有權利說這種話麼？你忘了就在這屋子，三年前的你麼？你忘了你自己才是個罪人；你忘了，我們——（突停，壓制自己，冷笑）哦，這是過去的事，我不提了。

〔周萍低頭，身發顫，坐沙發上，悔恨抓着他的心，面上筋肉成不自然的拘攣。

周蘩漪　（她轉向他，哭聲，失望地說着）哦，萍，好了。這一次我求你，最後一次求你。我從來不肯對人這樣低聲下氣說話，現在我求你可憐可憐我，這家我再也忍受不住了。（哀婉地訴出）今天這一天我受的罪過你都看見了，這樣子以後不是一天，是整月，整年地，以至到我死，才算完。他厭惡我，你的父親；他知道我明白他的底細，他怕我。他願意人人看我是怪物，是瘋子，萍！——

周　萍　（心亂）你，你別說了。

周蘩漪　（急迫地）萍，我沒有親戚，沒有朋友，沒有一個可信的人，我現在求你，你先不要走——

周　萍　（躲閃地）不，不成。

周蘩漪　（懇求地）即使你要走，你帶我也離開這兒——

周　萍　（恐懼地）什麼。你簡直胡說！

周蘩漪　（懇求地）不，不，你帶我走，——帶我離開這兒，（不顧一切地）日後，甚至於你要把四鳳接來——一塊兒住，我都可以，只要，（熱烈地）只要你不離開我。

周　萍　（驚懼地望着她，退後，半晌，顫聲）我——我怕你眞瘋了！

周蘩漪　（安慰地）不，你不要這樣說話。只有我明白你，我知道你的弱點，你也知道我的。你什麼我都清楚。（誘惑地笑，向周萍奇怪地招着手，更誘惑地笑）你過來，你——你怕什麼？

周　萍　（望着她，忍不住地狂喊出來）哦，我不要你這樣笑！（更重）不要你這樣對我笑！（苦惱地打着自己的頭）哦，我恨我自己，我恨，我恨我爲什麼要活着。

周蘩漪　（酸楚地）我這樣累你麼？然而你知道我活不到幾年了。

周　萍　（痛苦地）你難道不知道這種關係誰聽着都厭惡麼？你明白我每天喝酒胡鬧就因爲自己恨——恨我自己麼？

周蘩漪　（冷冷地）我跟你說過多少遍，我不這樣看，我的良心不是這樣做的。（鄭重地）萍，今天我做錯了，如果你現在聽我的話，不離開家，我可以再叫四鳳回來。

周　萍　什麼？

周蘩漪　（清清楚楚地）叫她回來還來得及。

周　萍　（走到她面前，聲沉重，慢說）你給我滾開！

周蘩漪　（頓，又緩緩地）什麼？

周　萍　你現在不像明白人，你上樓睡覺去吧。

周蘩漪　（明白自己的命運）那麼，完了。

周　萍　（疲倦地）嗯，你去吧。

周蘩漪　（絕望，沉鬱地）剛才我在魯家看見你同四鳳。

周　萍　（驚）什麼，你剛才是到魯家去了？

周蘩漪　（坐下）嗯，我在他們家附近站了半天。

周　萍　（悔懼）什麼時候你在那裡？

周蘩漪　（低頭）我看着你從窗戶進去。

周　萍　（急切）你呢？

周蘩漪　（無神地望着前面）就走到窗戶前面站着。

周　萍　那麼有一個女人歎氣的聲音是你麼？

周蘩漪　嗯。

周　萍　後來，你又在那裡站多半天？

周蘩漪　（慢而清朗地）大概是直等到你走。

周　萍　哦！（走到她身旁，低聲）那窗戶是你關上的，是麼？

周蘩漪　（更低的聲音，陰沉地）嗯，我。

周　萍　（恨極，惡毒地）你是我想不到的一個怪物！

周蘩漪　（抬起頭）什麼？

周　萍　（暴烈地）你眞是一個瘋子！

周蘩漪　（無表情地望着他）你要怎麼樣？

周　萍　（狠惡地）我要你死！再見吧！

〔周萍由飯廳急走下，門猝然地關上。

周蘩漪　（獃滯地坐了一下，望着飯廳的門。瞥見侍萍的相片，拿在手上，低聲，陰鬱地）這是你的孩子！（緩緩扯下硬卡片貼的相紙，一片一片地撕碎。沉靜地立起來，走了兩步）

奇怪，心裡靜的很！

〔中門輕輕推開，蘩漪回頭，魯貴緩緩地走進來。他的狡黠的眼睛，望着她笑着。

魯　貴　（鞠躬，身略彎）太太，您好。

周蘩漪　（略驚）你來做什麼？

魯　貴　（假笑）給您請安來了。我在門口等了半天。

周蘩漪　（鎮靜）哦，你剛才在門口？

魯　貴　（低聲）對了。（更秘密地）我看見大少爺正跟您打架，我——（假笑）我就沒敢進來。

周蘩漪　（沉靜地，不為所迫）你原來要做什麼？

魯　貴　（有把握地）原來我倒是想報告給太太，說大少爺今天晚上喝醉了，跑到我們家裡去。現在太太既然是也去了，那我就不必多說了。

周蘩漪　（嫌惡地）你現在想怎麼樣？

魯　貴　（倨傲地）我想見見老爺。

周蘩漪　老爺睡覺了，你要見他什麼事？

魯　貴　沒有什麼，要是太太願意辦，不找老爺也可以。——（着重，有意義地）都看太太要怎麼樣。

周蘩漪　（半晌，忍下來）你說吧，我也許可以幫你的忙。

魯　貴　（重複一遍，狡黠地）要是太太願意做主，不叫我見老爺，多麻煩，（假笑）那就大家都省事了。

周蘩漪　（仍不露聲色）什麼，你說吧。

魯　貴　（諂媚地）太太做了主，那就是您積德了。——我們只是求太太還賞飯吃。

周蘩漪　（不高興地）你，你以爲我——（轉緩和）好，那也沒有什麼。

魯　貴　（得意地）謝謝太太。（伶俐地）那麼就請太太賞個準日子吧。

周蘩漪　（爽快地）你們在搬了新房子後一天來吧。

魯　貴　（行禮）謝謝太太恩典！（忽然）我忘了，太太，您沒見着二少爺麼？

周蘩漪　沒有。

魯　貴　您剛才不是叫二少爺賞給我們一百塊錢麼？

周蘩漪　（煩厭地）嗯？

魯　貴　（婉轉地）可是，可是都叫我們少爺回了。

周蘩漪　你們少爺？

魯　貴　（解釋地）就是大海——我那個狗食的兒子。

周蘩漪　怎麼樣？

魯　貴　（很文雅地）我們的侍萍，實在還不知道呢。

周蘩漪　（驚，低聲）侍萍？（沉下臉）誰是侍萍？

魯　貴　（以為自己被輕視了，侮慢地）侍萍就是侍萍，我的家裡的——，就是魯媽。

周蘩漪　你說魯媽，她叫侍萍？

魯　貴　（自誇地）她也唸過書。名字是很雅氣的。

周蘩漪　“侍萍”，那兩個字怎麼寫，你知道麼？

魯　貴　我，我，（為難，勉強笑出來）我記不得了。反正那個萍字是跟大少爺名字的萍我記得是一樣的。

周蘩漪　哦！（忽然把地上撕破的相片碎片拿起來對上，給他看）你看看，這個人你認識不認識？

魯　貴　（看了一會，抬起頭）不認識，太太。

周蘩漪　（急切地）你認識的人沒有一個像她的麼？（略停）你想想看，往近處想。

魯　貴　（搖頭）沒有一個，太太，沒有一個。（突然疑懼地）太太，您怎麼？

周蘩漪　（回思，自己疑惑）多半我是胡思亂想。（坐下）

魯　貴　（貪婪地）啊，太太，您剛才不是賞我們一百塊麼？可是我們大海又把錢回了，您想，——

〔中門漸漸推開。

魯　貴　（回頭）誰？

〔大海由中門進，衣服俱濕，臉色陰沉，眼不安地向四面望，疲倦，憎恨在他舉動裡顯明地露出來。蘩漪驚訝地望着他。

魯大海　（向魯貴）你在這兒！

魯　貴　（討厭他的兒子）嗯，你怎麼進來的？

魯大海　（冰冷地）鐵門關着，叫不開，我爬牆進來的。

魯　貴　你現在來這兒幹什麼？你爲什麼不看看你媽，找四鳳怎麼樣了？

魯大海　（用一塊濕手巾擦着臉上的雨水）四鳳沒找着，媽在門外等着呢。（沉重地）你看見四鳳了麼？

魯　貴　（輕蔑）沒有，我沒有看見。（覺得大海小題大做，煩惡地皺着眉毛）不要管她，她一會兒就會回家。（走近大海）你跟我回去。周家的事情也妥了，都完了，走吧！

魯大海　我不走。

魯　貴　你要幹什麼？

魯大海　你也別走，——你先給我把這兒大少爺叫出來，我找不着他。

魯　貴　（疑懼地，摸着自己的下巴）你要怎麼樣？我剛弄好，你是又要惹禍？

魯大海　（冷靜地）沒有什麼，我只想跟他談談。

魯　貴　（不信地）我看你不對，你大概又要——

魯大海　（暴躁地，抓着魯貴的領口）你找不找？

魯　貴　（怯弱地）我找，我找，你先放下我。

魯大海　好，（放開他）你去吧。

魯　貴　大海，你，你得答應我，你可是就跟大少爺說兩句話，你不會——

魯大海　嗯，我告訴你，我不是打架來的。

魯　貴　眞的？

魯大海　（可怕地走到魯貴的面前，低聲）你去不去？

魯　貴　我，我，大海，你，你——

周蘩漪　（鎮靜地）魯貴，你去叫他出來，我在這兒，不要緊的。

魯　貴　也好，（向大海）可是我請完大少爺，我就從那門走了，我，（笑）我有點事。

魯大海　（命令地）你叫他們把門開開，讓媽進來，領她在房裡避一避雨。

魯　貴　好，好，（向飯廳下）完了，我可有事。我就走了。

魯大海　站住！（走前一步，低聲）你進去，要是不找他出來就一人跑了，你可小心我回頭在家裡，——哼！

魯　貴　（生氣）你，你，你——（低聲，自語）這個小王八蛋！（没法子，走進飯廳下）

周蘩漪　（立起）你是誰？

魯大海　（粗魯地）四鳳的哥哥。

周蘩漪　（柔聲）你是到這兒來找她麼？你要見我們大少爺麼？

魯大海　嗯。

周蘩漪　（眼色陰沉地）我怕他會不見你。

魯大海　（冷靜地）那倒許。

周蘩漪　（緩緩地）聽說他現在就要上車。

魯大海　（回頭）什麼！

周蘩漪　（陰沉的暗示）他現在就要走。

魯大海　（憤怒地）他要跑了，他——

周蘩漪　嗯，他——

〔周萍由飯廳上，臉上有些慌，他看見大海，勉强地點一點頭，聲音略有點顫，他極力在鎮靜自己。

周　萍　（向大海）哦！

魯大海　好。你還在這兒，（回頭）你叫這位太太走開，我有話要跟你一個人說。

周　萍　（望着蘩漪，她不動，再走到她面前）請您上樓去吧。

周蘩漪　好！（昂首由飯廳下）

〔半晌。二人都緊緊地握着拳，大海憤憤地望着他，二人不動。

周　萍　（耐不住，聲略顫）沒想到你現在到這兒來。

魯大海　（陰沉沉）聽說你要走。

周　萍　（驚，略鎮靜，强笑）不過現在也趕得上，你來得還是時候，你預備怎麼樣？我已經準備好了。

魯大海　（狠惡地笑一笑）你準備好了？

周　萍　（沉鬱地望着他）嗯。

魯大海　（走到他面前）你！（用力地擊着周萍的臉，

方才的創傷又破，血向下流）

周　萍　（握着拳抑制自己）你，你，——（忍下去，由袋内抽出白綢手絹擦臉上的血）

魯大海　（切齒地）哼？現在你要跑了！

〔半晌。

周　萍　（壓下自己的怒氣，辯白地，故意用低沉的聲音）我早有這個計劃。

魯大海　（惡狠地笑）早有這個計劃？

周　萍　（平靜下來）我以爲我們中間誤會太多。

魯大海　誤會？（看自己手上的血，擦在身上）我對你沒有誤會，我知道你是沒有血性，只顧自己的一個十足的混蛋。

周　萍　（柔和地）我們兩次見面，都是我性子最壞的時候，叫你得着一個最壞的印象。

魯大海　（輕蔑地）不用推託，你是個少爺，你心地混帳，你們都是吃飯太容易，有勁兒不知道怎樣使，就拿着窮人家的女兒開開心，完了事可以不負一點兒責任。

周　萍　（看出大海的神氣，失望地）現在我想辯白是沒有用的。我知道你是有目的而來的。（平靜地）你把你的槍或者刀拿出來吧。我願意任你收拾我。

魯大海　（侮蔑地）你會這樣大方，——在你家裡，你很聰明！哼，可是你不值得我這樣，我現在還不願意拿我這條有用的命換你這半死的東西。

周　萍　（直視大海，有勇氣地）我想你以爲我現在是怕你。你錯了，與其說我怕你，不如說我怕我自己；我現在做錯了一件事，我不願做錯第二件事。

魯大海　（嘲笑地）我看像你這種人，活着就錯了。剛才要不是我的母親，我當時就宰了你！（恐嚇地）現在你的命還在我的手心裡。

周　萍　我死了，那是我的福氣。（辛酸地）你以爲我怕死，我不，我不，我恨活着，我歡迎你來。我夠了，我是活厭了的人。

魯大海　（厭恨地）哦，你——活厭了，可是你還拉着我年輕的糊塗妹妹陪着你，陪着你。

周　萍　（無法，强笑）你說我自私麼？你以爲我是眞沒有心肝，跟她開開心就完了麼？你問問你的妹妹，她知道我是眞愛她。她現在就是我能活着的一點生機。

魯大海　你倒說得很好！（突然）那你爲什麼——爲什麼不娶她？

周　萍　（略頓）那就是我最恨的事情。我的環境太壞。你想想我這樣的家庭怎麼允許有這樣的事。

魯大海　（辛辣地）哦，所以你就可以一面表示你是真心愛她，跟她做出什麼不要臉的事都可以，一面你還得想着你的家庭，你的董事長爸爸。他們叫你隨便就丟掉她，再娶一個門當戶對的闊小姐來配你，對不對？

周　萍　（忍耐不下）我要你問問四鳳，她知道我這次出去，是離開了家庭，設法脫離了父親，有機會好跟她結婚的。

魯大海　（嘲弄）你推得很好。那麼像你深更半夜的，剛才跑到我家裡，你怎樣推託呢？

周　萍　（迸發，激烈地）我所說的話不是推託，我也用不着跟你推託，我現在看你是四鳳的哥哥，我才這樣說。我愛四鳳，她也愛我，我們都年輕，我們都是人，兩個人天天在一起，結果免不了有點荒唐。然而我相信我以後會對得起她，我會娶她做我的太太，我沒有一點虧心的地方。

魯大海　這麼，你反而很有理了。可是，董事長大少爺，誰相信你會愛上一個工人的妹妹，一個當老媽子的窮女兒？

周　萍　（略頓，囁嚅）那，那——那我也可以告訴你。有一個女人逼着我，激成我這樣的。

魯大海　（緊張地，低聲）什麼，還有一個女人？

周　萍　嗯，就是你剛才見過的那位太太。

魯大海　她？

周　萍　（苦惱地）她是我的後母！——哦，我壓在心裡多少年，我當誰也不敢說——她唸過書，她受了很好的教育，她，她，——她看見我就跟我發生感情，她要我——（突停）那自然我也要負一部份責任。

魯大海　四鳳知道麼？

周　萍　她知道，我知道她知道。（含着苦痛的眼淚，苦悶地）那時我太糊塗，以後我越過越怕，越恨，越厭惡。我恨這種不自然的關係，你懂麼？我要離開她，然而她不放鬆我。她拉着我，不放我。她是個鬼，她什麼都不顧忌。我眞活厭了，你明白麼？我喝酒，胡鬧，我只要離開她，我死都願意。她叫我恨一切受過好教育，外面都裝得很正經的女人。過後我見着四鳳，四鳳叫我明白，叫我又活了一年。

魯大海　（不覺吐出一口氣）哦。

周　萍　這些話多少年我對誰也說不出的，然而——（緩慢地）奇怪，我忽然跟你說了。

魯大海　（陰沉地）那大概是你父親的報應。

周　萍　（没想到，厭惡地）你，你胡說！（覺得方才太衝動，對一個這麼不相識的人説出心中的話。半晌，鎮靜下，自己想方才脱口説出的原因，忽然，慢慢地）我告訴你，因爲我認你是四鳳的哥哥，我要你相信我的誠心，我沒有一點騙她。

魯大海　（略露善意）那麼你眞預備要四鳳麼？你知道四鳳是個傻孩子，她不會再嫁第二個人。

周　萍　（誠懇地）嗯，我今天走了，過了一二個月，我就來接她。

魯大海　可是董事長少爺，這樣的話叫人相信麼？

周　萍　（由衣袋取出一封信）你可以看這封信，這是我剛才寫給她的，就說的這件事。

魯大海　（故意閃避地）用不着給我看，我——沒有工夫！

周　萍　（半晌，抬頭）那我現在再沒有什麼旁的保證，你口袋裡那件殺人的傢伙是我的擔保。你再不相信我，我現在人還是在你手裡。

魯大海　（辛酸地）周大少爺，你想想這樣我就完了麼？（惡狠地）你覺得我眞願意我的妹妹嫁給你這種東西麼？（忽然拿出自己的手槍來）

周　萍　（驚慌）你要怎麼樣？

魯大海　（恨惡地）我要殺了你。你父親雖壞，看着還順眼。你眞是世界上最用不着，最沒有勁的東西。

周　萍　哦。好，你來吧！（駭懼地閉上目）

魯大海　可是——（歎一口氣，遞手槍與周萍）你還是拿去吧。這是你們礦上的東西。

周　萍　（莫明其妙地）怎麼？（接下槍）

魯大海　（苦悶地）沒有什麼。老太太們最糊塗。我知道我的媽。我妹妹是她的命，只要你能夠多叫四鳳好好地活着，我只好不提什麼了。

〔萍還想説話，大海揮手，叫他不必再説，周萍沉鬱地到桌前把槍放好。

魯大海　（命令地）那麼請你把我的妹妹叫出來吧。

周　萍　（奇怪）什麼？

魯大海　四鳳啊——她自然在你這兒。

周　萍　沒有，沒有。我以爲她在你們家裡呢。

魯大海　（疑惑地）那奇怪，我同我媽在雨裡找了她兩個鐘頭，不見她。我想自然在這兒。

周　萍　（擔心）她在雨裡走了兩個鐘頭，她——她沒有到旁的地方去麼？

魯大海　（肯定地）半夜裡她會到哪兒去？

周　萍　（突然恐懼）啊，她不會——（坐下獃望）

魯大海　（明白）你以爲——不，她不會，（輕蔑地）不，我想她沒有這個膽量。

周　萍　（顫抖地）不，她會的。你不知道她。她愛臉，她性子強，她——不過她應當先見我，她（彷彿已經看見她溺在河裡）不該這樣冒失。

〔半晌。

魯大海　（忽然）哼，你裝得好，你想騙過我，你？——她在你這兒！她在你這兒！

〔外面遠處口哨聲。

周　萍　（以手止之）不，你不要嚷。（哨聲近，喜色）她，她來了！我聽見她！

魯大海　什麼？

周　萍　這是她的聲音，我們每次見面，是這樣的。

魯大海　她在哪兒？

魯大海　大概就在花園裡？

〔周萍開窗吹哨，應聲更近。

周　萍　（回頭，眼含着眼淚，笑）她來了！

〔中門敲門聲。

周　萍　（向大海）你先暫時在旁邊屋子躲一躲，她沒想到你在這兒。我想她再受不得驚了。

〔忙引大海至飯廳門，大海下。

〔外面的聲音：（低）萍！

周　萍　（忙跑至中門）鳳兒！（開門）進來！

〔四鳳由中門進，頭髮散亂，衣服濕透，眼淚同雨水流在臉上，眼角粘着淋漓的鬢髮，衣裳貼着皮膚，雨後的寒冷逼着她發抖，她的牙齒上下地震戰着。她見周萍如同失路的孩子再見着母親，獃獃地望着他。

魯四鳳　萍！

周　萍　（感動地）鳳。

魯四鳳　（膽怯地）沒有人吧。

周　萍　（難過，憐憫地）沒有。（拉着她的手）

魯四鳳　（放開膽）哦！萍！（抱着周萍抽咽）

周　萍　（如許久未見她）你怎麼，你怎麼會這樣？你怎麼會找着我？（止不住地）你怎麼進來的？

魯四鳳　我從小門偷進來的。

周　萍　鳳，你的手冰涼，你先換一換衣服。

魯四鳳　不；萍，（抽咽）讓我先看看你。

周　萍　（引她到沙發，坐在自己一旁，熱烈地）你，你上哪兒去了，鳳？

魯四鳳　（看看他，含着眼淚微笑）萍，你還在這兒，我好像隔了多年一樣。

周　萍　（順手拿起沙發上的一牀紫線毯給她圍上）我可憐的鳳兒，你怎麼這樣傻，你上哪兒去了？我的傻孩子！

魯四鳳　（擦着眼淚，拉着周萍的手，周萍蹲在旁邊）我一個人在雨裡跑，不知道自己在哪兒。天上打着雷，前面我只看見模模糊糊的一片；我什麼都忘了，我像是聽見媽在喊我，可是我怕，我拚命地跑，我想找着我們門口那一條河跳。

周　萍　（緊握着四鳳的手）鳳！

魯四鳳　——可是不知怎麼繞來繞去我總找不着。

周　萍　哦，鳳，我對不起你，原諒我，是我叫你這樣，你原諒我，你不要怨我。

魯四鳳　萍，我怎麼也不會怨你的。我糊糊塗塗又碰到這兒，走到花園那電線杆底下，我忽然想死了。我知道一碰那根電線，我就可以什麼都忘了。我愛我的母親，我怕我剛才對她起的誓，我怕她說我這麼一聲壞女兒，我情願不活着。可是，我剛要碰那根電線，我忽然看見你窗戶的燈，我想到你在屋子裡。哦，萍，我突然覺得，我不能這樣就死，我不能一個人死，我丟不了你。我想起來，世界大的很，我們可以走，我們只要一塊兒離開這兒。萍啊，你——

周　萍　（沉重地）我們一塊兒離開這兒？

魯四鳳　（急切地）就是這一條路，萍，我現在已經沒有家，（辛酸地）哥哥恨死我，母親我是沒有臉見的。我現在什麼都沒有，我沒有親戚，沒有朋友，我只有你，萍，（哀告地）你明天帶我去吧。

〔半晌。

周　萍　（沉重地搖着頭）不，不——

魯四鳳　（失望地）萍。

周　萍　（望着她，沉重地）不，不——我們現在就走。

魯四鳳　（不相信地）現在就走？

周　萍　（憐惜地）嗯，我原來打算一個人現在走，以後再來接你，不過現在不必了。

魯四鳳　（不信地）眞的，一塊兒走麼？

周　萍　嗯，眞的。

魯四鳳　（狂喜地，扔下綫毯，立起，親周萍的一手，一面擦着眼淚）眞的，眞的，眞的，萍，你是我的救星，你是天底下頂好的人，你是我——哦，我愛你！（在他身下流淚）

周　萍　（感動地，用手絹擦着眼淚）鳳，以後我們永遠在一塊兒了，不分開了。

魯四鳳　（自慰地，在周萍的懷裡）嗯，我們離開這兒了，不分開了。

周　萍　（約束自己）好，鳳，走以前我們先見見一個人。見完他我們就走。

魯四鳳　一個人？

周　萍　你哥哥。

魯四鳳　哥哥？

周　萍　他找你，他就在飯廳裡頭。

魯四鳳　（恐懼地）不，不，你不要見他，他恨你，他會害你的。走吧，我們就走吧。

周　萍　（安慰地）我已經見過他。——我們現在一定要見他一面，（不可挽回地）不然我們也走不了的。

魯四鳳　（膽怯）可是，萍，你——

〔周萍走到飯廳門口，開門。

周　萍　（叫）魯大海！魯大海！——咦，他不在這兒，奇怪，也許他從飯廳的門出去了。（望着四鳳）

魯四鳳　（走到周萍面前，哀告地）萍。不要管他，我們走吧。（拉他向中門走）我們就這樣走吧。

〔四鳳拉周萍至中門，中門開，魯媽與大海進。

〔兩點鐘內魯媽的樣子另變了一個人。聲音因為在雨裡叫喊哭號已經喑啞，眼皮失望地向下垂，前額的皺紋很深地刻在上面，過度的刺激使着她變成了獃滯，整個激成刻板的痛苦的模型。她的衣服像是已烘乾了一部份，頭髮還有些濕，鬢角凌亂地貼着濕的頭髮。她的手在顫，很小心地走進來。

魯四鳳　（驚懼）媽！（畏縮）

〔略頓，魯媽哀憐地望着四鳳。

魯侍萍　（伸出手向四鳳，哀痛地）鳳兒，來！

〔四鳳跑至母親面前，跪下。

魯四鳳　媽！（抱着母親的膝）

魯侍萍　（撫摸四鳳的頭頂，痛惜地）孩子，我的可憐的孩子。

魯四鳳　（泣不成聲地）媽，饒了我吧，饒了我吧，我忘了您的話了。

魯侍萍　（扶起四鳳）你爲什麼早不告訴我？

魯四鳳　（低頭）我疼您，媽，我怕，我不願意有一點叫您不喜歡我，看不起我，我不敢告訴您。

魯侍萍　（沉痛地）這還是你的媽太糊塗了，我早該想到的。（酸苦地）然而天，這誰又料得到，天底下會有這種事，偏偏又叫我的孩子們遇着呢？哦，你們媽的命太苦，我們的命也太苦了。

魯大海　（冷淡地）媽，我們走吧，四鳳先跟我們回去。——我已經跟他（指周萍）商量好了，他先走，以後他再接四鳳。

魯侍萍　（迷惑地）誰說的？誰說的？

魯大海　（冷冷地望着魯媽）媽，我知道您的意思，自然只有這麼辦。所以，周家的事我以後也不提了，讓他們去吧。

魯侍萍　（迷惑，坐下）什麼？讓他們去？

周　萍　（囁嚅）魯奶奶，請您相信我，我一定好好地待她，我們現在決定就走。

魯侍萍　（拉着四鳳的手，顫抖地）鳳，你，你要跟他走？

魯四鳳　（低頭，不得已緊握着魯媽的手）媽，我只好先離開您了。

魯侍萍　（忍不住）你們不能夠在一塊兒！

魯大海　（奇怪地）媽，您怎麼？

魯侍萍　（站起）不，不成！

魯四鳳　（着急）媽！

魯侍萍　（不顧她，拉着她的手）我們走吧。（向大海）你出去叫一輛洋車，四鳳大概走不動了。我們走，趕快走。

魯四鳳　（死命地退縮）媽，您不能這樣做。

魯侍萍　不，不成！（獃滯地，單調地）走，走。

魯四鳳　（哀求）媽，您願您的女兒急得要死在您的眼前麼？

周　萍　（走向魯媽前）魯奶奶，我知道我對不起您。不過我能盡我的力量補我的錯，現在事情已經做到這一步，您——

魯大海　媽，（不懂地）您這一次，我可不明白了！

魯侍萍　（不得已，嚴厲地）你先去僱車去！（向四鳳）鳳兒，你聽着，我情願你沒有，我不能叫你跟他在一塊兒。——走吧！

〔大海剛至門口，四鳳喊一聲。

魯四鳳　（喊）啊，媽，媽！（暈倒在母親懷裡）

魯侍萍　（抱着四鳳）我的孩子，你——

周　萍　（急）她暈過去了。

〔魯媽按着她的前額，低聲喚"四鳳"忍不

住地泣下。

〔周萍向飯廳跑。

魯大海　不用去——不要緊，一點涼水就好。她小時就這樣。

〔周萍拿涼水灑在她面上，四鳳漸醒，面呈死白色。

魯侍萍　（拿涼水灌四鳳）鳳兒，好孩子。你回來，你回來。——我的苦命的孩子。

魯四鳳　（口漸張，眼睜開，喘出一口氣）啊，媽！

魯侍萍　（安慰地）孩子，你不要怪媽心狠，媽的苦說不出。

魯四鳳　（歎出一口氣）媽！

魯侍萍　什麼？鳳兒。

魯四鳳　我，我不能不告訴你，萍！

周　萍　鳳，你好點了沒有？

魯四鳳　萍，我，總是瞞着你；也不肯告訴您（乞憐地望着魯媽）媽，您——

魯侍萍　什麼，孩子，快說。

魯四鳳　（抽咽）我，我——（放膽）我跟他現在已經有……（大哭）

魯侍萍　（切迫地）怎樣，你說你有——（過受打擊，不動）

周　萍　（拉起四鳳的手）四鳳！怎麼，眞的，你——

魯四鳳　（哭）嗯。

周　萍　（悲喜交集）什麼時候？什麼時候？

魯四鳳　（低頭）大概已經三個月。

周　萍　（快慰地）哦，四鳳，你爲什麼不告訴我，我，我的——

魯侍萍　（低聲）天哪。

周　萍　（走向魯）魯奶奶，您無論如何不要再固執哪，都是我錯了：我求您！（跪下）我求您放了她吧。我敢保我以後對得起她，對得起您。

魯四鳳　（立起，走到魯媽面前跪下）媽，您可憐可憐我們，答應我們，讓我們走吧。

魯侍萍　（不做聲，坐着，發癡）我是在做夢。我的兒女，我自己生的兒女，三十年工夫——哦，天哪，（掩面哭，揮手）你們走吧，我不認得你們。（轉過頭去）

周　萍　謝謝您！（立起）我們走吧。鳳！（四鳳起）

魯侍萍　（回頭，不自主地）不，不能夠！

〔四鳳又跪下。

魯四鳳　（哀求）媽，您，您是怎麼？我的心定了。不管他是富，是窮，不管他是誰，我是他的了。我心裡第一個許了他，我看得見的只有他，媽，我現在到了這一步：他到哪兒我也到哪兒；他是什麼，我也跟他是什麼。媽，您難道不明白，我——

魯侍萍 （指手令她不要向下說，苦痛地）孩子。

魯大海 媽，妹妹既然是鬧到這樣，讓她去了也好。

周　萍 （陰沉地）魯奶奶，您心裡要是一定不放她，我們只好不順從您的話，自己走了。鳳！

魯四鳳 （搖頭）萍！（還望着魯媽）媽！

魯侍萍 （沉重的悲傷，低聲）啊，天知道誰犯了罪，誰造的這種孽！——他們都是可憐的孩子，不知道自己做的是什麼。天哪，如果要罰，也罰在我一個人身上；我一個人有罪，我先走錯了一步。（傷心地）如今我明白了，我明白了，事情已經做了的，不必再怨這不公平的天；人犯了一次罪過，第二次也就自然地跟着來。——（摸着四鳳的頭）他們是我的乾淨孩子，他們應當好好地活着，享着福。冤孽是在我心裡頭，苦也應當我一個人嚐。他們快活，誰曉得就是罪過？他們年輕，他們自己並沒有成心做了什麼錯。（立起，望着天）今天晚上，是我讓他們一塊兒走，這罪過我知道，可是罪過我現在替他們犯了；所有的罪孽都是我一個人惹的，我的兒女們都是好孩子，心地乾淨的，那麼，天，眞有了什麼，也就讓我一個人擔待吧。（回過頭）鳳兒，——

魯四鳳　（不安地）媽，您心裡難過，——我不明白您說的什麼。

魯侍萍　（回轉頭。和藹地）沒有什麼。（微笑）你起來，鳳兒，你們一塊兒走吧。

魯四鳳　（立起，感動地，抱着她的母親）媽！

周　萍　去，（看錶）不早了，還只有二十五分鐘，叫他們把汽車開出來，走吧。

魯侍萍　（沉靜地）不，你們這次走，是在黑地裡走，不要驚動旁人。（向大海）大海，你去叫車去，我要回去，你送他們到車站。

魯大海　嗯。

〔大海由中門下。

魯侍萍　（向四鳳哀婉地）過來，我的孩子，讓我好好地親一親。（四鳳過來抱母；魯媽向周萍）你也來，讓我也看你一下。（周萍至前，低頭，魯媽望他擦眼淚）好，你們走吧——我要你們兩個在未走以前答應我一件事。

周　萍　您說吧。

魯侍萍　你們不答應，我還是不要四鳳走的。

魯四鳳　媽，您說吧，我答應。

魯侍萍　（看他們兩人）你們這次走，最好越走越遠，不要回頭。今天離開，你們無論生死，永遠也不許見我。

魯四鳳　（難過）媽，那不——

周　萍　（眼色，低聲）她現在很難過，才說這樣的話，過後，她就會好了的。

魯四鳳　嗯，也好，——媽，那我們走吧。

〔四鳳跪下，向魯媽叩頭，四鳳落淚，魯媽竭力忍着。

魯侍萍　（揮手）走吧！

周　萍　我們從飯廳裡出去吧，飯廳裡還放着我幾件東西。

〔三人——周萍，四鳳，魯媽——走到飯廳門口，飯廳門開。蘩漪走出，三人俱驚視。

魯四鳳　（失聲）太太！

周蘩漪　（沉穩地）咦，你們到哪兒去？外面還打着雷呢！

周　萍　（向蘩漪）怎麼你一個人在外面偷聽！

周蘩漪　嗯，不只我，還有人呢。（向飯廳上）出來呀，你！

〔周冲由飯廳上，畏縮地。

魯四鳳　（驚愕）二少爺！

周　冲　（不安地）四鳳！

周　萍　（不高興，向弟）弟弟，你怎麼這樣不懂事？

周　冲　（莫明其妙地）媽叫我來的，我不知道你們這是幹什麼。

周蘩漪　（冷冷地）現在你就明白了。

周　萍　（焦躁，向蘩漪）你這是幹什麼？

周蘩漪　（嘲弄地）我叫你弟弟來給你們送行。

周　萍　（氣憤）你眞卑——

周　冲　哥哥！

周　萍　弟弟，我對不起！——（突向蘩漪）不過世界上沒有像你這樣的母親！

周　冲　（迷惑地）媽，這是怎麼回事？

周蘩漪　你看哪！（向四鳳）四鳳，你預備上哪兒去？

魯四鳳　（囁嚅）我……我？……

周　萍　不要說一句瞎話。告訴他們，挺起胸來告訴他們，說我們預備一塊兒走。

周　冲　（明白）什麼，四鳳，你預備跟他一塊兒走？

魯四鳳　嗯，二少爺，我，我是——

周　冲　（半質問地）你爲什麼早不告訴我？

魯四鳳　我不是不告訴你；我跟你說過，叫你不要找我，因爲我——我已經不是個好女人。

周　萍　（向四鳳）不，你爲什麼說自己不好？你告訴他們！（指蘩漪）告訴他們，說你就要嫁我！

周　冲　（略驚）四鳳，你——

周蘩漪　（向周冲）現在你明白了。（周冲低頭）

周　萍　（突向蘩漪，刻毒地）你眞沒有一點心肝！你以爲你的兒子會替——會破壞麼？弟弟，你說，你現在有什麼意思，你說，你預備對我怎麼樣？說！哥哥都會原諒你。

〔周冲望蘩漪，又望四鳳，自己低頭。

周蘩漪　冲兒，說呀！（半晌，急促）冲兒，你爲什麼不說話呀？你爲什麼不抓着四鳳問？你爲什麼不抓着你哥哥說話呀？（又頓。衆人俱看周冲，周冲不語）冲兒你說呀，你怎麼，你難道是個死人？啞巴？是個糊塗孩子？你難道見着自己心上喜歡的人叫人搶去，一點兒都不動氣麼？

周　冲　（抬頭，羔羊似地）不，不，媽！（又望四鳳，低頭）只要四鳳願意，我沒有一句話可說。

周　萍　（走到周冲面前，拉着他的手）哦，我的好弟弟，我的明白弟弟！

周　冲　（疑惑地，思考地）不，不，我忽然發現……我覺得……我好像我並不是眞愛四鳳；（渺渺茫茫地）以前——我，我，我——大概是胡鬧！

周　萍　（感激地）不過，弟弟——

周　冲　（望着周萍熱烈的神色，退縮地）不，你把她帶走吧，只要你好好地待她！

周蘩漪　（整個幻滅，失望）哦，你呀！（忽然，氣憤）你不是我的兒子；你不像我，你——你簡直是條死豬！

周　冲　（受侮地）媽！

周　萍　（驚）你是怎麼回事？

周蘩漪　（昏亂地）你眞沒有點男子氣，我要是你，我就打了她，燒了她，殺了她。你眞是糊塗蟲，沒有一點生氣的。你還是你父親養的，你父親的小綿羊。我看錯你了——你不是我的，你不是我的兒子。

周　萍　（不平地）你是沖弟弟的母親麼？你這樣說話。

周蘩漪　（痛苦地）萍，你說，你說出來；我不怕，你告訴他，我現在已經不是他的母親？

周　冲　（難過地）媽，您怎麼？

周蘩漪　（丢棄了拘束）我叫他來的時候，我早已忘了我自己，（向周冲，半瘋狂地）你不要以爲我是你的母親，（高聲）你的母親早死了，早叫你父親壓死了，悶死了。現在我不是你的母親。她是見着周萍又活了的女人，（不顧一切地）她也是要一個男人眞愛她，要眞眞活着的女人！

周　冲　（心痛地）哦，媽。

周　萍　（眼色向周冲）她病了。（向蘩漪）你跟我上樓去吧！你大概是該歇一歇。

周蘩漪　胡說！我沒有病，我沒有病，我神經上沒有一點病。你們不要以爲我說胡話。（揩眼淚，哀痛地）我忍了多少年了，我在這個死地方，監獄似的周公館，陪着一個閻王十八年了，我的心並沒有死；你的父親只叫我生了冲兒，然而我的心，我這個人還是我的。（指周萍）就只有他才要了我整個的人，可是他現在不要我，又不要我了。

周　冲　（痛極）媽，我最愛的媽，您這是怎麼回事？

周　萍　你先不要管她，她在發瘋！

周蘩漪　（激烈地）不要學你的父親。沒有瘋——我這是沒有瘋！我要你說，我要你告訴他們——這是我最後的一口氣！

周　萍　（狼狽地）你叫我說什麼？我看你上樓睡去吧。

周蘩漪　（冷笑）你不要裝！你告訴他們，我並不是你的後母。

〔大家俱驚，略頓。

周　冲　（無可奈何地）媽！

周蘩漪　（不顧地）告訴他們，告訴四鳳，告訴她！

魯四鳳　（忍不住）媽呀！（投入魯媽懷）

周　萍　（望着弟弟，轉向蘩漪）你這是何苦！過去的事你何必說呢？叫弟弟一生不快活。

周蘩漪　（失了母性，喊着）我沒有孩子，我沒有丈夫，我沒有家，我什麼都沒有，我只要你說：我——我是你的。

周　萍　（苦惱）哦，弟弟！你看弟弟可憐的樣子，你要是有一點母親的心——

周蘩漪　（報復地）你現在也學會你的父親了，你這虛僞的東西，你記着，是你才欺騙了你的弟弟，是你欺騙我，是你才欺騙了你的父親！

周　萍　（憤怒）你胡說，我沒有，我沒有欺騙他！父親是個好人，父親一生是有道德的，（蘩漪冷笑）——（向四鳳）不要理她，她瘋了，我們走吧。

周蘩漪　不用走，大門鎖了。你父親就下來，我派人叫他來的。

魯侍萍　哦，太太！

周　萍　你這是幹什麼？

周蘩漪　（冷冷地）我要你父親見見他將來的好媳婦你們再走。（喊）樸園，樸園！……

周　冲　媽，您不要！

周　萍　（走到蘩漪面前）瘋子，你敢再喊！

〔蘩漪跑到書房門口，喊。

魯侍萍　（慌）四鳳，我們出去。

周蘩漪　不，他來了！

〔樸園由書房進，大家俱不動，靜寂若死。

周樸園　（在門口）你叫什麼？你還不上樓去睡。

周蘩漪　（倨傲地）我請你見見你的好親戚。

周樸園　（見魯媽，四鳳在一起，驚）啊，你，你——你們這是做什麼？

周蘩漪　（拉四鳳向樸園）這是你的媳婦，你見見。（指着樸園向四鳳）叫他爸爸！（指着魯媽向樸園）你也認識認識這位老太太。

魯侍萍　太太！

周蘩漪　萍，過來！當着你的父親，過來，給這個媽叩頭。

周　萍　（難堪）爸爸，我，我——

周樸園　（明白地）怎麼——（向魯媽）侍萍，你到底還是回來了。

周蘩漪　（驚）什麼？

魯侍萍　（慌）不，不，您弄錯了。

周樸園　（悔恨地）侍萍，我想你也會回來的。

魯侍萍　不，不！（低頭）啊！天！

周蘩漪　（驚愕地）侍萍？什麼，她是侍萍？

周樸園　嗯。（煩厭地）蘩你不必再故意地問我，她就是萍兒的母親，三十年前死了的。

周蘩漪　天哪！

〔半晌。四鳳苦悶地叫了一聲，看着她的母親，魯媽苦痛地低着頭。周萍腦筋昏亂，迷惑地望着父親，同魯媽。這時蘩漪漸漸移到周冲身邊，現在她突然發現一個更悲慘的命運，逐漸地使她同情周萍，她覺出自己方才的瘋狂，這使她很快地恢復原來平常母親的情感。她不自主地愧恨地望着自己的冲兒。

周樸園　（沉痛地）萍兒，你過來。你的生母並沒有死，她還在世上。

周　萍　（半狂地）不是她！爸，您告訴我，不是她！

周樸園　（嚴厲地）混帳！萍兒，不許胡說。她沒有什麼好身世，也是你的母親。

周　萍　（痛苦萬分）哦，爸！

周樸園　（尊重地）不要以爲你跟四鳳同母，覺得臉上不好看，你就忘了人倫天性。

魯四鳳　（向母痛苦地）哦，媽！

周樸園　（沉重地）萍兒，你原諒我。我一生就做錯了這一件事。我萬沒有想到她今天還在，今天找到這兒。我想這只能說是天命。（向魯媽歎口氣）我老了，剛才我叫你走，我很後悔，我預備寄給你兩萬塊錢。現在你既然來了，我想萍兒是個孝順孩子，他會好好地侍奉你。我對不起你的地方，他會補上的。

周　萍　（向魯媽）您——您是我的——

魯侍萍　（不自主地）萍——（回頭抽咽）

周樸園　跪下，萍兒！不要以爲自己是在做夢，這是你的生母。

魯四鳳　（昏亂地）媽，這不會是眞的。

魯侍萍　（不語，抽咽）

周蘩漪　（笑向周萍，悔恨地）萍，我，我萬想不到是——是這樣，萍——

周　萍　（怪笑，向樸園）父親！（怪笑，向魯媽）母親！（看四鳳，指她）你——

魯四鳳　（與周萍互視怪笑，忽然忍不住）啊，天！（由中門跑下）

〔周萍撲在沙發上，魯媽死氣沉沉地立着。

周蘩漪　（急喊）四鳳！四鳳！（轉向周冲）冲兒，她的樣子不大對，你趕快出去看她。

〔周冲由中門跑下，喊四鳳。

周樸園　（至周萍前）萍兒，這是怎麼回事？

周　萍　（突然）爸，您不該生我！（跑，由飯廳下）

〔遠處聽見四鳳的慘叫聲，周冲狂呼四鳳，過後周冲也發出慘叫。

魯侍萍　（同時叫）四鳳，你怎麼啦！
周蘩漪　（同時叫）我的孩子，我的冲兒！

〔二人同由中門跑出。

周樸園　（急走至窗前拉開窗幕，顫聲）怎麼？怎麼？

〔僕人由中門跑上。

僕　人　（喘）老爺！

周樸園　快說，怎麼啦？

僕　人　（急不成聲）四鳳……死了……

周樸園　（急）二少爺呢？

僕　人　也……也死了。

周樸園　（顫聲）不，不，怎……麼？

僕　人　四鳳碰着那條走電的電線。二少爺不知道，趕緊拉了一把，兩個人一塊兒中電死了。

周樸園　（幾暈）這不會。這，這——這不能夠，不能夠！

〔樸園與僕人跑下。

〔周萍由飯廳出，顏色慘白，但是神氣沉靜地。他走到那張放大海的手槍的桌前，抽開抽屜，取出手槍，手微顫，慢慢走進右邊書房。

〔外面人聲嘈亂，哭聲，叫聲，吵聲，混成一片。魯媽由中門上，臉更獃滯，如石膏人像。老年僕人跟在後面，拿着電筒。

〔魯媽一聲不響地立在台中。

老　僕　（安慰地）老太太，您別發獃！這不成，您得哭，您得好好哭一場。

魯侍萍　（無神地）我哭不出來！

老僕人　這是天意，沒有法子。——可是您自己得哭。

魯侍萍　不，我想靜一靜。（獃立）

〔中門大開，許多僕人圍着蘩漪，蘩漪不知是在哭在笑。

僕　人　（在外面）進去吧，太太，別看哪。

周蘩漪　（為人擁至中門，倚門怪笑）冲兒，你這麼張着嘴？你的樣子怎麼直對我笑？——冲兒，你這個糊塗孩子。

周樸園　（走在中門中，眼淚在面上）蘩漪，進來！我的手發木，你也別看了。

老　僕　太太，進來吧。人已經叫電火燒焦了，沒有法子辦了。

周蘩漪　（進來，乾哭）冲兒，我的好孩子。剛才還是好好的，你怎麼會死，你怎麼會死得這樣慘？（獃立）

周樸園　（已進來）你要靜一靜。（擦眼淚）

周蘩漪　（狂笑）冲兒，你該死，該死！你有了這樣的母親，你該死！

〔外面僕人與大海打架聲。

周樸園　這是誰？誰在這時候打架。

〔老僕下問，立時另一僕人上。

周樸園　外面是怎麼回事？

僕　人　今天早上那個魯大海，他這時又來了，跟我們打架。

周樸園　叫他進來！

僕　人　老爺，他連踢帶打地傷了我們好幾個，他已經從小門跑了。

周樸園　跑了？

僕　人　是，老爺。

周樸園　（略頓，忽然）追他去，給我追他去。

僕　人　是，老爺。

〔僕人一齊下。屋中只有樸園、魯媽、蘩漪

三人。

周樸園　（哀傷地）我丟了一個兒子，不能再丟第二個了。

〔三人都坐下來。

魯侍萍　都去吧！讓他去了也好，我知道這孩子。他恨你，我知道他不會回來見你的。

周樸園　（寂靜，自己覺得奇怪）年輕的反而走我們前頭了，現在就剩下我們這些老——（忽然）萍兒呢？大少爺呢？萍兒，萍兒！（無人應）來人呀！來人！（無人應）你們給我找呀，我的大兒子呢？

〔書房槍聲，屋內死一般的靜默。

周蘩漪　（忽然）啊！（跑下書房，樸園獃立不動，立時蘩漪狂喊跑出）他……他……

周樸園　他……他……

〔樸園與蘩漪一同跑下，進書房。

〔魯媽立起，向書房顛躓了兩步，至台中，漸向下倒，跪在地上，如序幕結尾老婦人倒下的樣子。

〔舞台漸暗，奏序幕之音樂（High Mass — Bach）若在遠處奏起，至完全黑暗時最響，與序幕末尾音樂聲同。幕落，即開，接尾聲。

尾　聲

〔開幕時舞台黑暗。只聽見遠處教堂合唱彌撒聲同大風琴聲，序幕姊弟的聲音：

〔弟弟聲：姐姐，你去問她。

〔姊姊聲：（低聲）不，弟弟你問她，你問她。

〔舞台漸明，景同序幕，又回到十年後臘月三十日的下午。老婦（魯媽）還在台中歪倒着，姊弟在旁。

姊　姊　你問她，她知道。

弟　弟　我不，我怕，你，你去。（推姊姊，外面合唱聲止）

〔姑乙由中門進，見老婦倒地上，大驚愕，忙扶起她。

姑　乙　（扶她）起來吧，魯奶奶！起來吧！（扶她至右邊火爐旁坐，忙走至姊弟前，安慰地）弟弟，你沒有嚇着吧！快去吧，媽就在外邊等着你們。姐姐，你領弟弟去吧。

姊　姊　謝謝您，姑奶奶。（替弟弟穿衣服）

姑　乙　外面冷得很，你們都把衣服穿好。

姊　姊　嗯，再見！

姑　乙　再見。

〔姊領弟弟出中門。

〔姑乙忙走到壁爐前，照護老婦人。

〔姑甲由右門飯廳進。

姑　乙　噓，（指魯媽）她出來了。

姑　甲　（低聲）周先生就下來看她，你照護照護。我要出去。

姑　乙　好，你等一等，（從墻角拿一把雨傘）外頭怕要下雪，你要這一把傘吧。

姑　甲　（和藹地）謝謝你。（拿着雨傘由中門出去）

〔老人由左邊廳出，立門口，望着。

姑　乙　（指魯媽，向老翁）她在這兒！

老　人　哦！

〔半晌。

老　人　（關心地，向姑乙）她現在怎麼樣？

姑　乙　（輕歎）還是那樣！

老　人　吃飯還好麼？

姑　乙　不多。

老　人　（指頭）她這兒？

姑　乙　（搖頭）不，還是不認識人。

〔半晌。

姑　乙　樓上您的太太，看見了？

老　人　(獃滯地) 嗯。

姑　乙　(鼓勵地) 這兩人，她倒好。

老　人　是的。——(指魯媽) 這些天沒有人看她麼?

姑　乙　您說她的兒子，是麼?

老　人　嗯。一個姓魯叫大海的。

姑　乙　(同情地) 沒有。可憐，她就是想着兒子。每到節期總在窗前望一晚上。

老　人　(歎氣，絕望地，自語) 我怕，我怕他是死了。

姑　乙　(希望地) 不會吧?

老　人　(搖頭) 我找了十年了，——沒有一點影子。

姑　乙　唉，我想她的兒子回家，她一定會明白的。

老　人　(走到爐前，低頭) 侍萍!

〔老婦回頭，獃獃地望着他，若不認識，起來，面上無一絲表情，一時，她走向前窗。

老　人　(低聲) 侍萍! 侍——

姑　乙　(向老人擺手，低聲) 讓她走，不要叫她!

〔老婦至窗前，慢吞吞地拉開帷幔，癡獃地望着窗外。

〔老人絕望地轉過頭，望着爐中的火光，外面忽而鬧着小孩們的歡笑聲，同足步聲。中門大開，姊弟進。

姊　姊　(向弟) 在這兒? 一定在這兒?

弟　弟　(落淚，點着頭) 嗯! 嗯!

姑　乙　（喜歡他們來打破這沉靜）弟弟，你怎麼哭了？

弟　弟　（抽咽）我的手套丟了！外面下雪，我的手套，我的新手套丟了。

姑　乙　不要嚷，弟弟，我給你找。

姊　姊　弟弟，我們找。

〔三個人在左角找手套。

姑　乙　（向姊）有麼？

姊　姊　沒有！

弟　弟　（鑽到沙發背後，忽然跳出來）在這兒，在這兒！（舞着手套）媽，在這兒！（跑出去）

姑　乙　（羨慕地）好了，去吧。

姊　姊　謝謝，姑奶奶！

〔姊由中門下，姑乙關上門。

〔半晌。

老　人　（抬頭）什麼？外頭又下雪了？

姑　乙　（沉靜地點頭）嗯。

〔老人又望一望立在窗前的老婦，轉身坐在爐旁的圈椅上，獃獃地望着火，這時姑乙在左邊長沙發上坐下，拿了一本《聖經》讀着。

〔舞台漸暗。

——**幕　落**

附　録

《雷雨》序

我不知道怎樣來表白我自己，我素來有些憂鬱而暗澀；縱然在人前我有時也顯露着歡娛，在孤獨時卻如許多精神總不甘於凝固的人，自己不斷地來苦惱着自己，這些年我不曉得"寧靜"是什麼，我不明了我自己，我沒有希臘人所寶貴的智慧——"自知"。除了心裡永感着亂雲似的匆促，切迫，我從不能在我的生活裡找出個頭緒。所以當着要我來解釋自己的作品，我反而是茫然的。

我很欽佩，有許多人肯費了時間和精力，使用了說不盡的語言來替我的劇本下注腳；在國內這些次公演之後更時常地有人論斷我是易卜生的信徒，或者臆測劇中某些部份是承襲了 Euripides 的 Hippolytus 或 Racine 的 Phèdre 靈感。認真講，這多少對我是個驚訝。我是我自己——一個渺小的自己：我不能窺探這些大師們的艱深，猶如黑夜的甲蟲想像不來白晝的明朗。在過去的十幾年，固然也讀過幾本戲，演過幾次戲，但儘管我用了力量來思索，我追憶不出哪一點是在故意模擬誰。也許在所謂“潛意識”的下層，我自己欺騙了自己：我是一個忘恩的僕隸，一縷一縷地抽取主人家的金線，織好了自己醜陋的衣服，而否認這些褪了色（因爲到了我的手裡）的金絲也還是主人家的。其實偷人家一點故事，幾段穿插，並不寒磣。同一件傳述，經過古今多少大手筆的揉搓塑抹，演爲種種詩歌，戲劇，小說，傳奇也很有些顯著的先例。然而如若我能繃起臉，冷生生地分析自己的作品（固然作者的偏愛總不容他這樣做），我會再說，我想不出執筆的時候我是追念着哪些作品而寫下《雷雨》，雖然明明曉得能描摹出來這幾位大師的遒勁和瑰麗，哪怕是一抹，一點或一勾呢，會是我無上的光彩。

我是一個不能冷靜的人，談自己的作品恐怕也不會例外。我愛着《雷雨》如歡喜在溶冰後的春天，看一個活潑潑的孩子在日光下跳躍，或如在粼粼的野塘邊偶然聽得一聲青蛙那樣的欣悅。我會呼出這些小生命是交付我有多少靈感，給與我若何的興奮。我不會如心理學者立在一旁，靜觀小兒的舉止，也不能如試驗室的生物學家，運用理智的刀來支解分析青蛙的生命，這些事應該交與批評《雷雨》的人們。他們知道怎樣解剖論斷：哪樣就契合了戲劇的原則，哪樣就是背謬的。我對《雷雨》的了解只是有如母親撫慰自己的嬰兒那樣單純的喜悅，感到的是一團原始的生命之感。我沒有批評的冷靜頭腦，誠實也不容許我使用詭巧的言辭狡黠地袒護自己的作品；所以在這裡，一個天賜的表白的機會，我知道我不會說出什麼。這一年來批評《雷雨》的文章確實嚇住了我，它們似乎刺痛了我的自卑意識，令我深切地感觸自己的低能。我突地發現它們的主人了解我的作品比我自己要明切得多。他們能一針一線地尋出個原由，指出究竟，而我只有普遍地覺得不滿不成熟。每次公演《雷雨》或者提到《雷雨》，我不由自己地感覺到一種侷促，一種不自在，彷彿是個拙笨的工徒，只圖好歹做成了器皿，躲到壁落裡，再也怕聽得顧主們惡生生地挑剔器皿上面花紋的醜惡。

我說過我不會說出什麼來。這樣的申述也許使關心我的友人們讀後少一些失望。累次有人問我《雷雨》是怎樣寫的，或者《雷雨》是爲什麼寫的這一類的問題。老實說，關於第一個，連我自己也莫明其妙；第二個呢，有些人已經替我下了注釋，這些注釋有的我可以追認——譬如"暴露大家庭的罪惡"——但是很奇怪，現在回憶起三年前提筆的光景，我以爲我不應該用欺騙來炫耀自己的見地，我並沒有顯明地意識着我是要匡正諷刺或攻擊些什麼。也許寫到末了，隱隱彷彿有一種情感的洶湧的流來推動我，我在發洩着被抑壓的憤懣，譭謗着中國的家庭和社會。然而在起首，我初次有了《雷雨》一個模糊的影像的時候，逗起我的興趣的，只是一兩段情節，幾個人物，一種複雜而又原始的情緒。

《雷雨》對我是個誘惑。與《雷雨》俱來的情緒蘊成我對宇宙間許多神秘的事物一種不可言喻的憧憬。《雷雨》可以說是我的"蠻性的遺留"，我如原始的祖先們對那些不可理解的現象睜大了驚奇的眼。我不能斷定《雷雨》的推動是由於神鬼，起於命運或源於哪種顯明的力量。情感上《雷雨》所象徵的對我是一種神秘的吸引，一種抓牢我心靈的魔。《雷雨》所顯示的，並不是因果，並不是報應，而是我所覺得的天地間的"殘忍"，（這種自然的"冷酷"，四鳳與周冲的遭際最足以代表，他們的死亡，自己並無過咎。）如若讀者肯細心體會這番心意，這篇戲雖然有時爲幾段較緊張的場面或一兩個性格吸引了注意，但連綿不斷地若有若無地閃示這一點隱秘——這種種宇宙裡鬥爭的"殘忍"和"冷酷"。在這鬥爭的背後或有一個主宰來使用它的管轄。這主宰，希伯來的先知們讚它爲"上帝"，希臘的戲劇家們稱它爲"命運"，近代的人撇棄了這些迷離恍惚的觀念，直截了當地叫它爲"自然的法則"。而我始終不能給它以適當的命名，也沒有能力來形容它的眞實相。因爲它太大，太複雜。我的情感強要我表現的，只是對宇宙這一方面的憧憬。

寫《雷雨》是一種情感的迫切的需要。我念起人類是怎樣可憐的動物，帶着躊躇滿志的心情，彷彿是自己來主宰自己的運命，而時常不是自己來主宰着。受着自己——情感的或者理解的——捉弄，一種不可知的力量的——機遇的，或者環境的——捉弄；生活在狹的籠裡而洋洋地驕傲着，以爲是徜徉在自由的天地裡，稱爲萬物之靈的人物不是做着最愚蠢的事麼？我用一種悲憫的心情來寫劇中人物的爭執。我誠懇地祈望着看戲的人們也以一種悲憫的眼來俯視這羣地上的人們。所以我最推崇我的觀衆，我視他們，如神仙，如佛，如先知，我獻給他們以未來先知的神奇。在這些人不知道自己的危機之前，蠢蠢地動着情感，勞着心，用着手，他們已徹頭徹尾地熟悉這一羣人的錯綜關係。我使他們徵兆似地覺出來這蘊釀中的陰霾，預知這樣不會引出好結果。我是個貧窮的主人，但我請了看戲的賓客升到上帝的座，來憐憫地俯視着這堆在下面蠕動的生物。他們怎樣盲目地爭執着，泥鰍似地在情感的火坑裡打着昏迷的滾，用盡心力來拯救自己，而不知千萬仞的深淵在眼前張着巨大的口。他們正如一匹跌在澤沼裡的羸馬，愈掙扎，愈深沉地陷落在死亡的泥沼裡。周萍悔改了"以往的罪惡"。他抓住了四鳳不放手，想由一個新的靈感來洗滌自己。但這樣不自知地犯了更可怕的罪惡，這條路引到死亡。蘩漪是個最動人憐憫的女人。她不悔改，她如一匹執拗的馬，毫不猶疑地踏着艱難的老道，她抓住了周萍不放手，想重拾起一堆破碎的夢而救出自己，但這條路也引到死亡。在《雷雨》裡，宇宙正像一口殘酷的井，落在裡面，怎樣呼號也難逃脫這黑暗的坑。自一面看，《雷雨》是一種情感的憧憬，一種無名的恐懼的表徵。這種憧憬的吸引恰如童稚時諦聽臉上劃着經歷的皺紋的父老們，在森森的夜半，津津地述說墳頭鬼火，野廟僵屍的故事。皮膚起了恐懼的寒慄，牆角似乎晃着搖搖的鬼影。然而奇怪，這“怕”本身就是個誘惑。我挪近身軀，嚥着興味的口沫，心懼怕地忐忑着，卻一把提着那乾枯的手，央求：“再來一個！再來一個！”所以《雷雨》的降生是一種心情在作祟，一種情感的發酵，說它爲宇宙一種隱秘的理解乃是狂妄的誇張，但以它代表個人一時性情的趨止，對那些“不可理解的”莫名的愛好，在我個人短短的生命中是顯明地劃成一道階段。

與這樣原始或者野蠻的情緒俱來的還有其他的方面，那便是我性情中鬱熱的氛圍。夏天是個煩躁多事的季節，苦熱會逼走人的理智。在夏天，炎熱高高升起，天空鬱結成一塊燒紅了的鐵，人們會時常不由己地，更歸回原始的野蠻的路，流着血，不是恨便是愛，不是愛便是恨；一切都走向極端，要如電如雷地轟轟地燒一場，中間不容易有一條折衷的路。代表這樣的性格是周蘩漪，是魯大海，甚至於是周萍，而流於相反的性格，遇事希望着妥協，緩衝，敷衍便是周樸園，以至於魯貴。但後者是前者的陰影，有了他們前者才顯得明亮。魯媽，四鳳，周冲是這明暗的間色，他們做成兩個極端的階梯。所以在《雷雨》的氛圍裡，周蘩漪最顯得調和。她的生命燒到電火一樣地白熱，也有它一樣地短促。情感，鬱熱，境遇，激成一朵艷麗的火花，當着火星也消滅時，她的生機也頓時化爲烏有。她是一個最"雷雨的"（原是我的杜撰，因爲一時找不到適當的形容詞）性格，她的生命交織着最殘酷的愛和最不忍的恨，她擁有行爲上許多的矛盾，但沒有一個矛盾不是極端的，"極端"和"矛盾"是《雷雨》蒸熱的氛圍裡兩種自然的基調，劇情的調整多半以它們爲轉移。

在《雷雨》裡的八個人物，我最早想出的，並且也較覺眞切的是周蘩漪，其次是周冲。其他如四鳳，如樸園，如魯貴都曾在孕育時給我些苦痛與欣慰，但成了形後反不給我多少滿意。（我這樣說並不說前兩個性格已有成功，我願特別提出來只是因爲這兩種人抓住我的想像。）我歡喜看蘩漪這樣的女人，但我的才力是貧弱的，我知道舞台上的她與我原來的企圖，做成一種不可相信的參差。不過一個作者總是不自主地有些姑息，對於蘩漪我彷彿是個很熟的朋友，我慚愧不能畫出她一幅眞實的像，近來頗盼望着遇見一位有靈魂有技能的演員扮她，交付給她血肉。我想她應該能動我的憐憫和尊敬，我會流着淚水哀悼這可憐的女人的。我會原諒她，雖然她做了所謂"罪大惡極"

的事情——拋棄了神聖的母親的天責。我算不淸我親眼看見多少蘩漪。（當然她們不是蘩漪，她們多半沒有她的勇敢。）她們都在陰溝裡討着生活，卻心偏天樣地高；熱情原是一片澆不熄的火，而上帝偏偏罰她們枯乾地生長在砂上。這類的女人許多有着美麗的心靈，然爲着不正常的發展，和環境的窒息，她們變爲乖戾，成爲人所不能了解的。受着人的嫉惡，社會的壓制，這樣抑鬱終身，呼吸不着一口自由的空氣的女人在我們這個現實社會裡不知有多少吧。在遭遇這樣的不幸的女人裡，蘩漪自然是值得讚美的。她有火熾的熱情，一顆強悍的心，她敢衝破一切的桎梏，做一次困獸的鬥。雖然依舊落在火坑裡，情熱燒瘋了她的心，然而不是更值得人的憐憫與尊敬麼？這總比閹鷄似的男子們爲着凡庸的生活怯弱地度着一天一天的日子更值得人佩服吧。

有一個朋友告訴我：他迷上了蘩漪，他說她的可愛不在她的“可愛”處，而在她的“不可愛”處。誠然，如若以尋常的尺來衡量她，她實在沒有幾分贏人的地方。不過聚許多所謂“可愛的”女人在一起，便可以鑒別出她是最富於魅惑性的。這種魅惑不易爲人解悟，正如愛嚼薑片的才道得出辛辣的好處。所以必需有一種明白蘩漪的人始能把握着她的魅惑，不然，就只會覺得她陰鷙可怖。平心講，這類女人總有她的“魔”，是個“魔”便有它的尖銳性。也許蘩漪吸住人的地方是她的尖銳。她是一柄犀利的刀，她愈愛的，她愈要劃着深深的創痕。她滿蓄着受着抑壓的“力”，這陰鷙性的“力”怕是造成這個朋友着迷的緣故。愛這樣的女人需有厚的口胃，鐵的手腕，岩似的恆心，而周萍，一個情感和矛盾的奴隸，顯然不是的。不過有人會問爲什麼她會愛這樣一棵弱不禁風的草，這只好問她的運命，爲什麼她會落在周樸園這樣的家庭中。

提起周冲，蘩漪的兒子。他也是我喜歡的人。我看過一次《雷雨》的公演，我很失望，那位演周冲的人有些輕視他的角色，他沒有了解周冲，他只演到癡憨——那只是周冲粗獷的肉體，而忽略他的精神。周冲原是可喜的性格，他最無辜而他與四鳳同樣遭受了慘酷的結果。他藏在理想的堡壘裡，他有許多憧憬，對社會，對家庭，以至於對愛情。他不能了解他自己，他更不了解他的周圍。一重一重的幻念繭似地縛住了他。他看不清社會，他也看不清他所愛的人們。他犯着年輕人 Quixotic 病，有着一切青春發動期的青年對現實那樣的隔離。他需要現實的鐵錘來一次一次地敲醒他的夢。在喝藥那一景，他才眞認識了父親的威權籠罩下的家庭；在魯貴家裡，忍受着魯大海的侮慢，他才發現他和大海中間隔着一道不可塡補的鴻溝；在末尾，蘩漪喚他出來阻止四鳳與周萍逃奔的時候，他才看出他的母親全不是他所想的那樣，而四鳳也不是能與他在冬天的早晨，明亮的海空，乘着白帆船向着無邊的理想航駛去的伴侶。連續不斷的失望絆住他的腳，每次的失望都是一隻尖利的錐，那是他應受的刑罰。他痛苦地感覺到現實的醜惡，一種幻滅的悲哀襲擊他的心。這樣的人即便不爲“殘忍”的天所毀滅，他早晚會被那綿綿不盡的渺茫的夢掩埋，到了與世隔絕的地步。甚至在情愛裡，他依然認不清眞實。抓住他心的並不是四鳳，或者任何美麗的女人。他愛的只是“愛”，一個抽象的觀念，還是個渺茫的夢。所以當着四鳳不得已地說破了她同周萍的事，使他傷心的卻不是因爲四鳳離棄了他，而是哀悼着一個美麗的夢的死亡。待到連母親——那是十七歲的孩子的夢裡幻化得最聰慧而慈祥的母親，也這樣醜惡地爲着情愛痙攣地喊叫，他才徹頭徹尾地感覺到現實的粗惡。他不能再活下去，他被人攻下了最後的堡壘，青春期的兒子對母親的那一點憧憬。他於是整個死了他生活最寶貴的部份——那情感的激蕩。以後那偶然的或者殘酷的肉體的死亡對他算不得痛苦，也許反是最適當的了結。其實，在生前他未始不隱隱覺得他是追求着一個不可及的理想。他在魯貴家裡說過他白日的夢，那一段對着懵懂的四鳳講的：“海，……天，……船，……光明，……快樂，”的話；（那也許是個無心的諷刺，他偏偏在那樣地方津津地說着他最超脫的夢，那地方四周永遠蒸發着腐穢的氣息，瞎子們唱着唱不盡的春調，魯貴如淤水塘邊的癩蛤蟆嘵嘵地噪着他的醜惡的生意經）在四鳳將和周萍同走的時候，他只說：（疑惑地，思考地）“我忽然發現……我覺得……我好像我並不是眞愛四鳳；（渺渺茫茫地）以前——我，我，我——大概是胡鬧!”於是他慷慨地讓四鳳跟着周萍離棄了他。這不像一個愛人在申說，而是一個夢幻者探尋着自己。這樣的超脫，無怪乎落在情熱的火坑裡的蘩漪是不能了解的了。

理想如一串一串的肥皂泡蕩漾在他的眼前，一根現實的鐵針便輕輕地逐個點破。理想破滅時，生命也自然化成空影。周冲是這煩躁多事的夏天裡一個春夢。在《雷雨》鬱熱的氛圍裡，他是個不調和的諧音，有了他，才襯出《雷雨》的明暗。他的死亡和周樸園的健在都使我覺得宇宙裡並沒有一個智慧的上帝做主宰。而周冲來去這樣匆匆，這麼一個可愛的生命偏偏簡短而痛楚地消逝，令我們情感要呼出：“這確是太殘忍的了。”

寫《雷雨》的時候，我沒有想到我的戲會有人排演，但是爲着讀者的方便，我用了很多的篇幅釋述每個人物的性格。如今呢，《雷雨》的演員們可以藉此看出些輪廓。不過一個雕刻師總先摸淸他的材料有哪些弱點，才知用起斧子時哪些地方該加謹愼，所以演員們也應該明了這幾個角色的脆弱易碎的地方。這幾個角色沒有一個是一具不漏的網，可以不用氣力網起觀衆的稱讚。譬如演魯貴的，他應該小心翼翼地做到“均匀”“恰好”，不要小丑似地叫《雷雨》頭上凸起了隆包，尻上長了尾巴，使它成了隻是個可笑的怪物；演魯媽與四鳳的應該懂得“節制”（但並不是說不用情感），不要叫自己歎起來成風車，哭起來如倒海，要知道過度的悲痛的刺激會使觀衆的神經痛苦疲倦，再缺乏氣力來憐憫，而反之，沒有感情做柱石，一味在表面上下工夫更令人發生厭惡，所以應該有眞情感。但是要學得怎樣收斂運蓄着自己的精力，到了所謂“鐵燒到最熱的時候再錘”，而每錘是要用盡了最內在的力量。尤其是在第四幕，四鳳見着魯媽的當兒是最費斟酌的。兩個人都需要多年演劇的經驗和熟練的技巧，要找着自己情感的焦點，然後依着它做基準來合理地調整自己成了有韻味的波紋，不要讓情感的狂風捲掃了自己的重心，忘卻一舉一動應有理性的根據和分寸。具體說來，我希望她們不要嘶聲喊叫，不要重複地單調地哭泣。要知道這一景落眼淚的機會已經甚多，她們應該替觀衆的神經想一想，不應刺痛他們使他們感覺倦怠甚至於苦楚，她們最好能運用各種不同的技巧來表達一個單純的悲痛情緒。要抑壓着一點，不要都發揮出來，如若必需有激烈的動作，請記住：“無聲的音樂是更甜美”，思慮過後的節制或沉靜在舞台上更是爲人所欣賞的。

周萍是最難演的，他的成功要看挑選的恰當。他的行爲不易獲得一般觀衆的同情，而性格又是很複雜的。演他，小心不要單調；須設法這樣充實他的性格，令我們得到一種眞實感。還有，如若可能，我希望有個好演員，化開他的性格上一層雲翳，起首便淸淸白白地給他幾根簡單的線條。先畫出一個淸楚的輪廓，再慢慢地細描去。這樣便井井有條，雖複雜而簡單，觀衆才不會落在霧裡。演他的人要設法替他找同情（猶如演蘩漪的一樣），不然到了後一幕便會擱了淺，行不開。周樸園的性格比較是容易捉摸的，他也有許多機會做戲，如喝藥那一景，認魯媽的景，以及第四幕一人感到孤獨寂寞的景，都應加一些思索（更要有思慮過的節制）才能演得深雋。魯大海自然要個硬性的人來演，口齒舉動不要拖泥帶水，乾乾脆脆地做下去，他的成功更靠挑選的適宜。

《雷雨》有許多令人疑惑的地方，但最顯明的莫如首尾的"序幕"與"尾聲"。聰明的批評者多置之不提，這樣便省略了多少引不到歸結的爭執。因爲一切戲劇的設施須經過觀衆的篩漏；透過時間的洗滌，那好的會留存，粗惡的自然要濾走。所以我不在這裡討論"序幕"和"尾聲"能否存留，能與不能總要看有否一位了解的導演精巧地搬到台上。這是個冒險的嘗試，需要導演的聰明來幫忙。實際上的困難和取巧的地方一定也很多，我願意將來有個機會來實驗。在此地我只想提出"序幕"和"尾聲"的用意，簡單地說，是想送看戲的人們回家，帶着一種哀靜的心情。低着頭，沉思地，念着這些在情熱、在夢想、在計算裡煎熬着的人們。蕩漾在他們的心裡應該是水似的悲哀，流不盡的；而不是惶惑的，恐怖的，回念着《雷雨》像一場噩夢，死亡，慘痛如一隻鉗子似地夾住人的心靈，喘不出一口氣來。《雷雨》誠如有一位朋友說，有些太緊張（這並不是句恭維的話），而我想以第四幕爲最。我不願這樣戛然而止，我要流蕩在人們中間還有詩樣的情懷。"序幕"與"尾聲"在這種用意下，彷彿有希臘悲劇 Chorus 一部份的功能，導引觀衆的情緒入於更寬闊的沉思的海。《雷雨》在東京出演時，他們曾經爲着"序幕""尾聲"費些斟酌，問到我，我寫一封私人的信（那封信被披露了出來是我當時料想不到的事），提到我把《雷雨》做一篇詩看，一部故事讀，用"序幕"和"尾聲"把一件錯綜複雜的罪惡推到時間上非常遼遠的處所。因爲事理變動太嚇人，裡面那些隱秘不可知的東西對於現在一般聰明的觀衆情感上也彷彿不易明了，我乃罩上一層紗。那"序幕"和"尾聲"的紗幕便給了所謂的"欣賞的距離"。這樣，看戲的人們可以處在適中的地位來看戲，而不致於使情感或者理解受了驚嚇。不過演出"序幕"和"尾聲"實際上有個最大的困難，那便是《雷雨》的繁長。《雷雨》確實用時間太多，刪了首尾，還要演上四小時餘，如若再加上這兩件"累贅”，不知又要觀衆厭倦多少時刻。我曾經爲着演出“序幕”和“尾聲”想在那四幕裡刪一下，然而思索許久，毫無頭緒，終於廢然地擱下筆。這個問題需要一位好的導演用番工夫來解決，也許有一天《雷雨》會有個新面目，經過一次合宜的刪改。然而目前我將期待着好的機會，叫我能依我自己的情趣來刪節《雷雨》，把它認眞地搬到舞台上。

不過這個本頭已和原來的不同，許多小地方都有些改動，這些地方我應該感謝穎如，和我的友人巴金（謝謝他的友情，他在病中還替我細心校對和改正），孝曾，靳以，他們督催着我，鼓勵着我，使《雷雨》才有現在的模樣。在日本的，我應該謝謝秋田雨雀先生，影山三郎君和邢振鐸君，爲了他們的熱誠和努力，《雷雨》的日譯本才能出現，展開一片新天地。

末了，我將這本戲獻給我的導師張彭春先生，他是第一個啓發我接近戲劇的人。

曹　禺

一九三六年一月

（原載《雷雨》，文化生活出版社

1936 年 1 月初版）

《三聯文庫》出版後記

香港三聯書店植根香港，本“竭誠為讀者服務”之傳統，傳播中華文化，介紹當代中國，反映香港歷史變遷，歷年出書品種累以千計。蒙諸多作者鼎力襄助，所出圖書不乏常讀常新之作。惟時有疏於重印，加之成本日昂，致使不少好書坊間難覓。值本店成立五十週年，從歷年出版書籍中遴選部分，並增編部分經典作品，以便攜開本集為《三聯文庫》，陸續重版，以饗讀者。切盼各界不吝指正。

三聯書店（香港）有限公司
編輯部
一九九八年六月

《三聯文庫》書目

叢書編號	書名	選注
①	詩經選	周錫䪖選注
②	屈原賦選	王濤選注
③	曹魏父子詩選	趙福壇選注
④	陶淵明詩選	徐巍選注
⑤	王維詩選	王福耀選注
⑥	李白詩選	馬里千選注
⑦	杜甫詩選	梁鑒江選注
⑧	韓愈詩選	止水選注
⑨	白居易詩選	梁鑒江選注
⑩	李賀詩選	劉斯翰選注
⑪	杜牧詩選	周錫䪖選注
⑫	李商隱詩選	陳永正選注
⑬	李煜李清照詞注	陳錦榮編注
⑭	蘇軾詩選	徐續選注
⑮	陸游詩選	陸應南選注
⑯	辛棄疾詞選	劉斯奮選注
⑰	元人散曲選	龍潛菴選注
⑱	納蘭性德詞選	盛冬鈴選注

叢書編號	書名	著者／編者
⑲	吶喊	魯迅著
⑳	彷徨	魯迅著
㉑	空山靈雨	落華生（許地山）著
㉒	我所知道的康橋	徐志摩著／楊義、趙稀方編選
㉓	沉淪	郁達夫著
㉔	背影	朱自清著
㉕	紅燭．死水	聞一多著
㉖	駱駝祥子	老舍著
㉗	寄小讀者	冰心著
㉘	隨想錄	巴金著
㉙	探索集	巴金著
㉚	真話集	巴金著
㉛	病中集	巴金著
㉜	無題集	巴金著
㉝	小城三月	蕭紅著／楊義、趙稀方編選
㉞	伊索寓言選	羅念生　王煥文　陳洪文　馮文華譯
㉟	天方夜譚	王瑞琴譯
㊱	安徒生童話選	葉君健譯

叢書編號	書名	著者／譯者
㊲	格林童話	魏以新譯
㊳	魯濱孫飄流記	〔英〕笛福著／徐霞村譯
㊴	少年維特的煩惱	〔德〕歌德著／楊武能譯
㊵	茶花女	〔法〕小仲馬著／王振孫譯
㊶	白話論語	徐志剛譯注
㊷	唐詩三百首	蘅塘退士編選
㊸	千家詩	谷一然評注
㊹	蘇軾詞選	陳邇冬選注
㊺	野草	魯迅著
㊻	朝花夕拾	魯迅著
㊼	苦雨	周作人著
㊽	再別康橋	徐志摩著
㊾	誰最會享受人生	林語堂著
㊿	我所生長的地方	沈從文著
51	受戒	汪曾祺著
52	從丙午到“流亡”	楊絳著
53	哈姆萊特	〔英〕莎士比亞著／朱生豪譯
54	快樂王子集	〔英〕王爾德著／巴金譯

叢書編號	書名	著者／編者
(55)	小王子	〔法〕聖埃克蘇佩里著／馬振騁譯
(56)	故事新編	魯迅著
(57)	林家舖子	茅盾著
(58)	雷雨	曹禺著
(59)	繁星春水	冰心著
(60)	女神	郭沫若著
(61)	邊城及其他	沈從文著／王培元、郭亞秋編選
(62)	籬下	蕭乾著／王培元編選
(63)	山中一個夏夜	林徽音著／王培元、郭亞秋編選
(64)	山水間的生活	豐子愷著／豐一吟編選及注
(65)	憩園	巴金著
(66)	稻草人	葉紹鈞著／葉至善編選
(67)	一個人在途上	郁達夫著／王培元編選
(68)	老舍幽默詩文集	舒濟校勘／方成插圖
(69)	愛的教育	〔意大利〕亞米契斯著／夏丏尊譯／豐子愷插圖
(70)	愛麗絲奇境歷險記	〔英〕劉易斯·卡羅爾著／吳鈞陶譯／約翰·坦爾尼插圖

叢書編號	書名	著者／譯者
⑦1	宋詞三百首簡注	武玉成、顧叢龍注
⑦2	關於女人	冰心著
⑦3	緣緣堂隨筆	豐子愷著
⑦4	北京的癡夢	張中行著／白燁編選
⑦5	難得明白	王蒙著／白燁編選
⑦6	世故與天真	李歐梵著／舒非編選
⑦7	四十歲說	賈平凹著／白燁編選
⑦8	遙遠的絕響	余秋雨著／白燁編選
⑦9	我和北大	季羨林著／白燁編選
⑧0	多雲有雨	劉以鬯著
⑧1	我對命運這樣說	劉再復著／舒非編選
⑧2	飛毯原來是地圖	余光中著